鬼花火

死なない男・同心野火陣内

和久田正明

時代小説文庫

角川春樹事務所

本書はハルキ時代小説文庫の書き下ろしです。
この作品はフィクションであり、実在の人物・団体などとは関係ありません。

目次

鬼花火

死なない男・同心野火陣内

第一話　大鴉《おおがらす》

一

ひゅう、ひゅう……。
師走《しわす》の寒風吹き荒《すさ》び、赤茶けた自身番《じしんばん》の油障子を邪険《じゃけん》に叩《たた》き、粉雪までも舞ってい
た。
野火陣内《のびじんない》が座敷に上がり込み、噺家《はなしか》よろしく扇子《せんす》を手に、前に居並んだ自身番の家《いえ》
主《ぬし》二人、店番二人、番太郎《ばんたろう》一人を相手に漫談もどきに喋《しゃべ》っている。番太郎以外は皆、
白髪頭《しらがあたま》の老人たちだ。
火鉢《ひばち》の炭火が赤々と燃え、狭い座敷はむせ返るほどに暖まっていた。隣室は板の間
で、そこは科人《とがにん》の詮議用《せんぎよう》になっている。
「さぶいね、今年の冬は。もう朝起きるのが嫌で嫌でしょうがねえもの。古女房みて
えにさ、ほとほと愛想がつきるよな」
出された渋茶を啜《すす》り、塩煎餅《しおせんべい》を齧《かじ》って、

「ゆんべなんか夜中にしょんべんしたくなったんだけど、おいらン所は厠《かわや》が遠いからじっと我慢してたのよ。そうしたらお漏らししそうになっちゃって、こりゃヤバいってんで仕方なく起きましたよ。だけど廊下へ出ても、厠はまだずっと先なんだよなあ」

陣内はうんざりした溜息《ためいき》をつき、さらに煎餅を齧って、「どうでもいいけどかてえ煎餅だねえ」と言い、ペロペロとしゃぶることにした。

陣内は南町奉行所《みなみまちぶぎょうしょ》の定廻《じょうまわ》り同心で、三十半ばの大男だ。眉毛《まゆげ》はやや薄め、目は小さめ、太い首に白絹《しらぎぬ》の襟巻《えりまき》を巻いている。同心の定服として黒の紋付羽織《もんつきはおり》、着流しに両刀、十手《じって》を携《たずさ》えている。上《かみ》より下される俸禄《ほうろく》は三十俵二人扶持《ぶち》の下級武士だから、今の月給にして二十数万というところか。

市中見廻りの帰りで、陣内は馬喰町《ばくろちょう》のこの自身番に立ち寄ったものだ。

自身番は町会所兼警防団詰所のような役割で、町内自治体でありながら町奉行所の監督下に置かれていた。自身番にいる五人を町役人《ちょうやくにん》といい、今の派出所に当たるそうな。ゆえに町方同心と町役人は、こうして昵懇《じっこん》なのである。

「あのう、あたしどもはお役人様のお屋敷なんぞへ上がったことがないもので、皆目見当もつきませんが、野火様の所は厠がそんなに遠くにあるほど大屋敷なんでございますか」

　家主の一人が遠慮がちに聞いた。

「大きいなんてもんじゃねえよ。拝領屋敷だから文句言っちゃいけねえんだろうけど、はっきり言って持て余すね。ましてやあたしなんざ独り暮らしだろ、酔っぱらってけえったりするともうてえへん、屋敷ンなかで迷子になっちまうもの」

　まさかそんなと誰かが言って、苦笑が漏れる。

「いや、本当だってば」

　陣内がムキになる。

　八丁堀《はっちょうぼり》の同心組屋敷は百坪（約三百三十平方メートル）余で、木戸門付きに母屋《おもや》があり、広い庭がついているのだ。

　若い番太郎が話の先をうながして、

「それで野火様、厠には行けたんですか」

「はいな」

　陣内はここぞとばかりに扇子で膝《ひざ》を叩き、

「それがさ、面倒臭えから厠まで行かねえで廊下から庭にしちまおうと思ったのよ」

　クスクスと笑いが漏れだす。

「そしたらおめえ、雨戸がコチコチに凍りついちまって開かねえじゃねえか。焦ったのなんの。しょうがねえからそこにしゃがんで敷居にしょんべん垂らしたんだ。するとやっと氷が溶《と》けてしめたと思ってさ、がらりと雨戸を開けてさあしようかなと思ったら、もう用が済んじまったから出るもの出なくって、ぼんやり庭を眺めて、おいら夜の夜中に何してんのかなと思ったよ」

五人が腹を抱えてドッと笑った。

陣内という男は時にこうしておちゃらけを言い、武家と町人との垣根を取り外して市井《しせい》にどっぷり馴染《なじ》むことをよしとしていた。

さらに番太郎が、オズオズと陣内に聞く。

「旦那は今、独り暮らしだって言いましたけど、ご新造様はいねえんですか」

家主たちは陣内の家庭の事情を知っているから、皆で番太郎を制して、「野火様に失礼なことを聞いちゃいけないよ」と店番の一人が言った。

「だってこんなご立派な旦那が独り暮らしなんておかしいじゃねえですか」

「いいから、おまえは黙っていなさい」

番太郎と店番のやりとりを、陣内はにやにやと見守っていたが、

「構わねえよ、おいら隠し立てしねえから」

「へえ、だったら聞かせて下せえ」

興味津々《しんしん》の番太郎に、陣内が答える。

「昔は女房も娘もいたんだけどな、おいらがほら、すぐ手え出すから、愛想尽かしして出てっちまったんだよ。元はと言やぁみんなこのあたしが悪いの」

陣内の家庭内暴力が原因で、妻子は五年ほど前に陣内の元を去り、里へ帰ってしまっていた。なぜそうなったかというと、陣内は外での鬱憤《うつぷん》が溜りに溜り、抑えきれない感情を妻や娘にぶつけてしまったのだ。

「ご新造様はともかく、お嬢さんには会いてえでしょう」

「そうなんだよ、いつも顔見てえと思っちゃいるんだけど、おいらが近づくと向こうの父上がおっかねえ顔して出て来やがって、通せんぼするのさ。娘の方があたしを恋しく思わねえことにゃ駄目だね」

「お幾つなんですか、お嬢さんは」

「えーと」

陣内が娘の茜《あかね》の年を指折り数えて、

「年が明けて十七だったかな、あれ、十八かも知んねえ。なんせおめえ、ふだんほとんど会ってねえもんだから疎《うと》くなっちまって」

ははと寂しく笑う陣内に、番太郎は同情を寄せて、

「お気の毒ですねえ、そいつは。さぞかしおつれえでしょう」

「わかってくれて有難う。いい奴だな、おめえ」

「いえ、そんな」

「それからはさ、あたしも成長したね、科人をむやみやたらとぶん殴ったりしなくなったもの。人にやさしくなったような気がする。今じゃすっかり仏の野火陣内よ」

なあと老人たちに言うと、四人は今でも粗暴な陣内を知っているから、白けて口籠《くちご》もるばかりだ。その微妙な空気を感じて、番太郎はそれ以上余計なことを聞かなくなった。

と――。

油障子がそろりと開けられ、提灯《ちょうちん》を手にしたお店者風《たなものふう》の男二人が入って来た。絹の上物を着ており、その身装《みなり》から一流の商家と思われる。

自身番の男たちは顔見知りらしく、にこやかに迎えて、「これはこれは伊勢屋《いせや》さん、どうしなすった」と家主の一人が言った。

男二人は陣内の方を気遣いながら、

「実はちょっと、お店《たな》の方に来て頂きたいのですが」

年嵩《としかさ》の方が言う。

もう一人の家主が「何かあったのかね」と言うと、年嵩はそれには答えず、居合わせた陣内へ向かって腰を低くし、

「手前どもは馬喰町の呉服店《ごふくだな》、伊勢屋の者にございます。あたくしは大番頭の徳蔵《とくぞう》、こっちは一番番頭の卯之助《うのすけ》と申しますんで」

二人が揃《そろ》って陣内に頭を下げた。

四十過ぎかと思われる徳蔵は色黒の律儀そうな男で、卯之助の方は三十半ばのなよっとした感じである。

馬喰町で伊勢屋といえば、知らぬ者はいないとてつもない大店だ。

そこで陣内も役所名と名乗りを挙げた。

「如何《いかが》でございましょう、野火様にもご同道願えませんかな」

徳蔵が言った。

「何事だい、大番頭さん」

「お店に盗《ぬす》っ人《と》が入りまして、それを捕まえたんでございます」

「ふうん、コソ泥かなんかだな」

「いいえ、十人ほどの一味でございました」

「ゲッ、十人だと？」

陣内がビシッと引き締まった顔になった。それから内心で妙だなと思った。コソ泥でも大騒ぎをするはずが、十人もの盗っ人団を商家の素人衆《しろうとしゅう》がどうやって捕えたというのか。

また大番頭と一番番頭も慌てふためいた様子がなく、落ち着き払っているから、さらに解《げ》せないのである。

二

その謎《なぞ》はすぐに解けた。

十人の盗っ人一味は伊勢屋の土蔵の床に仕掛けられた大穴に落ち、全員が一網打尽《いちもうだじん》となっていた。つまりは揃って落とし穴に落ちたのである。

陣内が穴の上から覗《のぞ》き込み、

「間抜けだねえ、おめえら。恥ずかしくって穴があったらへえりてえだろ。あ、もうへえってるから世話ねえか。へい、お後がよろしいようで」

馬鹿にして一人でケタケタと笑った。

盗っ人どもはどれもが田舎臭《いなかくさ》い連中で、頬《ほお》の赤いのや前歯の欠けたの、馬面《うまづら》もいて垢抜《あかぬ》けない。

それが悔しがって泣きの泪《なみだ》となり、下から訴えた。おれたちは通りがかりの者で何も盗んでいないから助けてくれと一人がほざくから、陣内が上に立って着物の前をまさぐり、何が通りがかりだ、それがなんでお店の穴ぼこに落っこってるんだ、でえちその盗っ人装束《しょうぞく》はなんだ、理屈に合わねえことだらけじゃねえか、ふざけたことぬかしやがるとしょんべんひっかけちまうぞと言った。すると全員が頭に手をやって寄り集まり、それだけはご勘弁をと哀願しておとなしくなった。

「変な晩だな、今夜はしょんべんの大安売りかよ」

陣内がひとりごちた。

町役人たちが南茅場町《みなみかやばちょう》の大番屋《おおばんや》へ走って役人を呼んで来る間、陣内は大番頭徳蔵、一番番頭卯之助に案内され、伊勢屋の奥の間へ向かった。

さすがの大店だけあって、敷地は千坪（約三千三百平方メートル）余、土蔵は五つ、奉公人の数は優に百人を越えていると徳蔵が言う。

さらに徳蔵が長い廊下を行きながら、陣内に店の陣容を明かす。

伊勢屋の本店は伊勢国（三重県）で、二十年前に江戸に進出して成功を収めたので、今や神田《かんだ》、日本橋《にほんばし》、本所界隈《ほんじょかいわい》に家作《かさく》を多数有するに至った。また旅人宿がひしめく小《こ》伝馬町《でんまちょう》では半数近くの旅籠《はたご》が伊勢屋のもので、また御家門《ごかもん》、旗本家《はたもとけ》への出入り先などは枚挙《まいきょ》に遑《いとま》がないという。

奥の間に通され、陣内は上座に鎮座させられ、徳蔵、卯之助に次いで四人の男が入室して来て、威風を払って着座した。

それぞれが支配役筆頭清右衛門《しはいやくひっとうせいえもん》、世話役太兵衛《せわやくたへえ》、年寄役作次郎《としよりやくさくじろう》、小頭役亀吉《こがしらやくかめきち》と名乗り、陣内に堅苦しい挨拶《あいさつ》をする。

陣内は堅苦しいのは苦手だから、ここでも砕けきって、困ったようにボリボリと横鬢《よこびん》の辺りを掻《か》きながら、

「まっ、楽にしてくんな。あ、そっか、自分ちでもねえのにそういう言い方も変だよな」

ははは と誤魔化《ごまか》し笑いをしておき、身を乗り出して一同を見廻すと、

「まずおいらが知りてえのは土蔵にこさえた落とし穴のこったな。そんなこたふつうのお店じゃやらねえだろ。たとえ盗っ人が押込みかけんのがわかっていたとしても、なす術《すべ》なくさ、ひたすらおれたち役人に縋《すが》るだけなんじゃねえの」

一同は静かに視線を交わし合っていたが、支配役筆頭、すなわち大旦那《おおだんな》の清右衛門が膝を進めて、

「それは野火様、当家への押込みが昨日や今日に始まったこっちゃないからでございますよ。江戸店を任せられたのはわたくしで五人目でございますが、この二十年の間に押込みは十件近くもあるんです」

と言った。

清右衛門は四十前後の働き盛りで落ち着きがあり、酸《す》いも甘いも嚙《か》み分けたような苦労人の顔をしている。

「ちょっと待ってくれ、二十年めえは無理としても、そのうちの一件でも訴えがありゃおいらが知ってるはずだけどなあ」

「うちではそういう訴えは出さないという申し送りがございます」

「なんで」

「お店の信用が何より大事でございますからな、騒ぎは起こさず、いつも何事もないようにしていなくてはいけません。盗っ人どもが狙《ねら》っている商家などとわかったら物騒に思えて、お客様の足が引けちまうじゃございませんか」

「そうかなあ、あ、いや、そうかも知れねえなあ」

陣内が妙な感心の仕方をする。

「なかには取るに足りない小泥棒もおりまして、そういうのは皆で撃退致しますが、今宵《こよい》の奴らのように徒党を組んで来られますと、さすがにお手上げとなります」

「それで落とし穴をこさえて、今宵はまんまと思う壺《つぼ》に」

「はい」

「けどよ、盗っ人どもがいつも落とし穴に落っこってくれるとは限るめえ。大体どうなんだ、蔵は五つと聞いたけど、その全部に落とし穴を掘ってあるってのかい」

「はい」

陣内が大仰《おおぎょう》に驚いてみせ、

「あらあ、そりゃたまげたねえ。五つ分の穴掘るのは並大抵の苦労じゃなかったろうに」

「奉公人が百人以上もおりますれば、なんとか」

「するってえと、蔵の鍵《かぎ》はどうやって開けたんだ」

清右衛門が困惑の表情になり、

「さあ、そこまでは……」

恐らく土蔵の鍵は内部にいる引込役《ひきこみやく》がこさえたのではないか。ではその引込役は落とし穴のことは知らなかったのか。知っていれば一味に伝えたはずだから、そこが変だと陣内は思った。

「落とし穴のことは奉公人みんなが知っていたのかい」

それには世話役の太兵衛が代って、

「いいえ、信用できる手代《てだい》の二十人を選びまして、夜中にこっそり交替で掘らせたんでございます。ほかの奉公人に気づかれてはいけませんので、半月がかりで急いでやらせました」

太兵衛は五十がらみで小肥《こぶと》り短軀《たんく》、骨太な感の男だ。

「なるほど、そいつぁてえへんだったな」

「はい、まあ、けどお店のことを思えばなんということはございません」

太兵衛が答える。

それにしてもと、陣内は腹の内で思案し、いくら何度も盗っ人に押込みをかけられたとはいえ、その自衛策に落とし穴までこさえるとはと、伊勢屋の周到さに舌を巻いた。他のお店も見習うべきかも知れない。

陣内は再び清右衛門に視線を戻し、

「ところで大旦那さん」

「はい」

「大掛かりな一味にゃかならず引込役ってのがいるんだよ」

「引込役でございますか」

そのことは知らなかったらしく、清右衛門は動揺を浮かべ、一同と見交わし合う。太兵衛以下も面食らった様子だ。

「狙いをつけたお店に、盗っ人の頭《かしら》が手下を潜り込ませてなかの様子を探らせる。そういう手下は権助《ごんすけ》だったり女中だったりして、ほかの奉公人に溶け込んで何食わねえ顔して働いてるんだ。そうして押込みの機会を窺《うかが》うんだよ」

権助というのは商家に住み込み、飯炊《めした》きや雑役に従事する下男の通称だ。

「そいでもって引込役は家ンなかの見取図をこさえて、それを一味のつなぎ役にひそかに渡すんだな。蔵の鍵は人目を盗んでさ、粘土《ねんど》なんぞで本物の型を取って合鍵を作っちまうのさ。今度のはどうだい、引込役はいると思うかい」

「さあて、そういうことになりますとわたくしどもでは思案の外《ほか》でございますな。落とし穴を掘るのが精一杯でございましたよ。それに奉公人は皆、真面目《まじめ》な連中だと思っておりますので、そんな引込役が紛れ込んでいるなどとは考えたくもありません」

「そりゃそうだけどよ……」

こいつは百人全員の洗い出しをしなくてはなるまいと、陣内は思った。

三

しかし百人全員を調べるまでもなく、引込役はすぐに判明した。

翌朝、八丁堀同心の習いで、陣内が組屋敷の廊下に出て髪結いに日髪日剃《ひがみひぞり》を当たらせているところへ、左母次《さもじ》と池之介《いけのすけ》が庭先から駆け込んで来た。

二人は陣内抱えの岡っ引きたちで、左母次は三十前のがっしりした体格で色浅黒く、男臭い風貌《ふうぼう》をしている。一方の池之介は二十半ばにしてすらっと背丈があり、細面《ほそおもて》に鼻筋の通った役者にしたいような男っぷりだ。

つまりやや不細工な主《あるじ》に比べ、手下の二人は好男子揃いということになる。共に紺《こん》の着流しの裾《すそ》を端折《はしょ》り、梵天帯《ぼんてんおび》の後ろに無房の十手を差し込んでいる。粋《いき》でいなせを気取った岡っ引きの定服姿である。

「旦那、ゆんべの伊勢屋の引込役、捕まりやしたぜ」

左母次が縁側に屈《かが》んで言う。

「おっ、そうかい」

陣内がそう言い、日髪日剃も整ったので髪結いを引き取らせ、

「やっぱ奉公人だったろ」

「へい、お察しの通り三月《みつき》めえから権助に雇われた小兵衛《こへえ》という野郎でした。役人の出入りがなくなったのを見澄まし、風呂敷包みを抱えて店から逃げだそうとしていたのを、小頭役の亀吉さんと手代の何人かで取り押さえたんでさ」

また伊勢屋一党の手柄かと、陣内は内心で唸《うな》った。盗っ人に対してよほど訓練が行き届いているのだと思った。

池之介が左母次の後を次いで、

「そこへ丁度あっしらが来て、小兵衛は運が尽きました。すんなりお縄に、と言うより自分から神妙に両手を突き出したんです」

「今どこにいる」

「とりあえずは馬喰町の自身番につないでありやす」

これは左母次だ。

「よしよし、じっくり詮議してやろうぜ」

陣内が部屋へ引っ込んで着替えをしている間、左母次と池之介は陣内の唯一の家族である猫の姫《ひめ》と戯《たわむ》れている。姫は元は野良だったものが、陣内の屋敷が居心地がよいらしく、いつの間にか住みついたのだ。

八丁堀から馬喰町へ向かう間、三人は道々こんなやりとりを交わした。

「どんな野郎だ、小兵衛ってな」

左母次は池之介とチラッと見交わし、

「それがよぼよぼの爺《じい》さんでしてね、なんちゅうか、つくづくとものの哀れを感じやしたねえ」

「ものの哀れだと？　左母ちゃん随分と高級な言葉知っててんじゃねえの。いってえどっから仕入れたんだ」

「ついこの間、知り合いの紅売《べにう》りから聞いたんで」

「紅売りと言うからにゃ女だよな」

「へえ」

「怪しいじゃねえか。どうしておめえがそんな人と知り合いなんだ」

「い、いえ、そのう……どうかその辺はご勘弁を」

左母次は少し狼狽《ろうばい》している。

「いいけどさあ、なんか解せねえよなあ」

陣内は左母次を怪しんでいる。

池之介も左母次の言葉に同調して、

「なんであんな年寄が盗っ人の手伝いをと、あっしもがっくりきましたよ。ずっと昔に死んだお爺ちゃんを思い出しちまって……」

「あのね、おれっちみてえに長年悪党を見てきてるとさ、ひと目で正体を見破るね。おいら悪党を見破る名人だから。哀れっぽく見せるってな、奴らのひとつの手なんだよ。そんなんに騙《だま》くらかされるようじゃ、左母ちゃんも池ちゃんもまだまだ青いね、若いよ」

そう言われ、左母次も池之介も腐った。

ところが自身番の板の間に縛られている小兵衛に対面すると、陣内はたちまちものの哀れを催《もよお》してぺたんと座り込んでしまった。

小兵衛は鶴《つる》のように痩《や》せて頰もこけ、白髪頭はスカスカで髷《まげ》も小さい。またその顔つきたるや皺《しわ》だらけの老残を晒《さら》し、とても盗っ人一味とは思えず、むしろ善良そのものなのである。

左母次と池之介は、共につらい表情で陣内の背後に控えている。

悪党を見破る名人と左母次たちに言った手前、陣内は腰砕けにならぬようにと踏ん張って、

「や、やい、爺さん、おめえは伊勢屋に押込んだ盗っ人一味の手先なんだな」

念押しして言う。

小兵衛は悄然《しょうぜん》とうなだれたままで、

「左様でございます」

しわがれ声で言った。

「まず名めえと在所を言いな」

「武州入間郡所沢村《ぶしゅういるまごおりところざわむら》から出ました小兵衛と申します。在所では馬子《まご》をしておりました」

馬子は馬方《うまかた》ともいい、馬に客や荷を乗せて街道を往来する稼業だ。

「それがなんだって在所を出たんだ」

「名主様の小倅《こせがれ》と村一番の娘を取り合いまして、あっしが相手を疵《きず》つけちまったんでございますよ。それで娘っ子と二人で手に手を取って駆け落ちする羽目《はめ》に」

「今のおめえを見てると想像もできねえが、何年めえの話だ」

「えー、かれこれ四十年ぐれえかと」

「その頃のおめえは若くて勇ましかったんだな」

小兵衛は左母次と池之介に遠慮がちな目をやり、

「そちらの岡っ引きの兄さん方みてえでしたよ。けど……」

「けど、なんだ」

「月日ってな泡みてえに消えちまうもんですから、こっちもみるみる年食って、今ンなってこんなみっともねえ姿を晒しております。お笑い下せえまし」

「そんなこたねえよ、おめえみてえな年寄は燻銀《いぶしぎん》てえんだ」

「嘘《うそ》はおやめ下さい」

「どうもすみません」

そう言ってしまい、陣内はハッとなって、小兵衛に引き込まれまいと威厳を取り戻し、

「いいか、肝心なことを聞くぞ。十人の盗っ人どもは何もんだ。おめえとはどうやってつながった」

「はあ、それを聞かれますと、話は長くなります」

「構わねえぜ。おめえさん、朝飯は食ったのか」

ものの哀れを感じたせいか、陣内がおめえに「さん」をつけた。口調もやさしくなっている。

「いえ、まだでございます。逃げる方が先だと思ったもんですから」

陣内が目配せし、池之介が立って座敷の方へ行き、番太郎に朝飯の出前を頼む。そ

のついでに三人分の茶を淹《い》れて戻って来た。

「有難えこって」

小兵衛が池之介に頭を下げ、しみじみと湯気の立った茶を啜《すす》り、

「村一番の娘っ子は小夜《さよ》と申します」

ポツリと語りだした。

「可愛《かわい》い名めえじゃねえか。その小夜は今はどこにいるんだ」

小兵衛が押し黙る。

陣内は二人と見交わし、察しをつけて、

「あの世へ行っちまったのかい」

「……さいで」

「そりゃまあ……気の毒だったな」

「病気でしたから仕方ございません」

「子は生《な》さなかったのか」

「へえ、一人も。小夜は元々躰《からだ》が弱かったものですから」

「ああ、ねえ……」

「小夜に死なれて、あっしは途方に暮れました」

「そりゃそうだろう」

「江戸に来た最初の頃は馬喰《ばくろう》をやってたんですが、小夜がいねえから生業《なりわい》にも身がへえらず、賭場《とば》に出入りするようにもなりました。そのうちよくねえ連中とつき合いだして、しだいに身を持ち崩して行ったんで」

「早えからな、坂道を転げだすと。あっという間だもん」

陣内がしたり顔で言う。

「おっしゃる通りで」

「そのよくねえ連中ってのが、盗っ人の一味だったのかい」

小兵衛がうなずき、

「賭場の借金を肩代りしてくれたり、暮らしの面倒まで見て貰ってるうちに抜き差しならなくなりましてね、それで茂作《もさく》の旦那が手伝いをしねえかと持ちかけてきたんで。ある時旦那に連れてかれると、そこに子分衆の九人がずらっと揃っておりました」

「茂作ってのが頭目か」

「田子《たご》の茂作と申しまして、上州《じょうしゅう》の人です。子分衆もみんな上州の近在の出だと聞きました」

「カハッ、田子の茂作たあ思いっきり田舎臭え名めえだな、まんまと落とし穴に落っこちるわけだよ。てえか、上州じゃ肥溜《こえだめ》に落ちてたかも知んねえぞ」

「とってもいい人なんです」

「いいよ、そいつぁおいらが後で本人に確かめっから」

そこで陣内が小兵衛に見入って、

「伊勢屋にゃ三月めえから権助でへえったんだよな」

「へえ」

「そいで飯炊き雑用をこなしながら家ンなかの様子を探ったと、そういうこったな、おめえさん」

「図星《ずぼし》で」

「田子の一味は三番蔵にへえって落とし穴に落ちたんだけどよ、どうして三番蔵なんだ」

「そこの鍵しか手にへえらなかったんで。粘土でこっそり鋳型《いがた》を取って、子分衆の一人に渡しました。そういうやり方は茂作さんから教えられたんで」

「落とし穴のことは知らなかったのか」

「初耳でございました。今朝ンなって知ってびっくりしましたよ。三月もいるってのに、いつそんなものを掘ったのかと騙されたような気分に。けど捕まったんなら仕方ない、あっしだけでも逃げようと。そうしたら小頭役さんたちに怪しまれまして、この世の終わりとなりました」

「まだ終わっちゃいねえよ、おいらがなんとかするから」

「へっ、なんとかするとは……」

陣内はにやついているだけで、それには答えない。

そこへ近くの一膳飯屋《いちぜんめしや》の出前の声がし、やがて番太郎が盆に乗せた朝飯を運んで来た。それが小兵衛の前に置かれる。

焼き魚、沢庵《たくあん》、味噌汁《みそしる》、銀舎利《ぎんしゃり》の献立だ。

「さあ、冷めねえうちに食っちまいな、おめえさん」

「それじゃ頂戴《ちょうだい》致します」

小兵衛が箸《はし》を取り、飯を食べ始めた。

それを陣内、左母次、池之介はじっと見守っている。

「どうだ、うめえか」

陣内が聞くと、小兵衛は「へえ」と言ってにっこり笑った。その頬に泪が伝っている。

「ヤだねえ、年取ると泪もろくって」

「茂作さんもいい人でしたが、旦那もそれに輪をかけたお人ですねえ」

「田吾作《たごさく》と一緒にしねえでくれよ」

「あっ、そうだ」

「なんだ」

　小兵衛が箸を置き、

「ひとつ妙なことが」

「どうした」

「あっしが引込役をやってお店の様子を探っている時に、うろんな動きをしている人がおりました。おなじ伊勢屋の奉公人かと思いますが」

　三人が一斉に色めき立った。

「誰でえ、そいつぁ」

　陣内が追及する。

「いえ、顔は一度も見ちゃおりません。男か女かもわからねえんで。そいつは夜っぴて家ンなかを歩き廻り、蔵の周りをうろついてるみてえで、あっしが変に思って近づきますと煙のように消えちまうんです。妙じゃございませんか」

「そいつぁ何をしてると思った」

「たぶんあっしとおなじことをしてるんじゃないかと」

「つまり別の引込役がいるってことか」

小兵衛が確信の目でうなずき、

「あっしの勘ですと、その人は若うござんすね。身軽なようでした。ですんでなんとなく年寄の臭いがしなかったんです」

陣内が無言で左母次、池之介と視線を交わし合った。

（一難去ってまた一難かよ……）

陣内のもっとも好むなりゆきであった。

四

小兵衛を大番屋送りとし、陣内は左母次、池之介と八丁堀の組屋敷へ戻り、今後の伊勢屋の対策を練ることにした。

外廻りの定廻り同心は事件に取りかかればそちらに集中してよいことになっており、動きは自由で、奉行所へ出仕《しゅつし》する必要はなくなる。めでたく事件が解決できればそれでよいのである。

陣内の腹づもりとしては、小兵衛が高齢なこともあり、田子の茂作一味のほんの手先を務めただけということにし、厳罰を避けてやるつもりでいた。これからそのように役所の上に掛け合い、上申するのだ。

それはさておき、問題は今も伊勢屋に潜り込んでいるらしき引込役の存在である。顔も年もわからぬまま、ただ小兵衛の勘で若い者というだけでは雲をつかむような話ではないか。

しかしそれがいつ外部の盗っ人につなぎをつけ、伊勢屋に押込んで来るかわからない。田子の茂作一味のように間抜け揃いならよいが、兇悪な連中であったら殺戮《さつりく》を行う可能性もある。それが来月か、半月後か、あるいは今日かも知れないのだ。

「だからと言ってよ、おいらが用もねえのに毎日伊勢屋に顔を出すわけにゃいかねえものなあ」

陣内が膝に抱いた姫を撫《な》でながら言うと、二人とも思案投げ首で、

「あっしらも面《つら》ぁ知られちまいやしたから、お店の周りをうろついてたらすぐにバレちまいやすぜ」

左母次の言葉に、池之介もうなずき、

「なんかいい策はねえもんですかねえ……」

その時、誰もいないはずの隣室でコトッと物音がした。

三人が不審に見交わし合い、池之介が立って襖《ふすま》を開けた。

そこにいたのは陣内のひとり娘、茜であった。ちょこなんと座り、首を垂れている。これは鳶《とび》が鷹《たか》を生んだ口で、すっきりと目鼻の整った美形だから、陣内とは似ても似つかない。しかし外面はどうあれ、茜の躰に流れる熱き血汐《ちしお》は父親似なのである。

「茜さん」

池之介が驚きの声で言い、陣内をふり返った。

陣内は戸惑っていて、すぐには言葉が見つからずにまごついているようだから、左母次が明るい声を掛けた。

「どうしなすった、茜さん。いつからそこにいたんですね。随分と久しぶりじゃねえですか」

池之介も浮き立って、

「暫《しばら》く会わねえうちにすっかり娘さんらしくなっちまって、見違えましたよ」

茜は二人へ向かってぺこりと頭を下げ、

「ご無沙汰《ぶさた》ね、左母次さんも池之介さんもお元気そうで」

「茜さんも元気なんでしょう」

池之介がさり気なく水を向けると、

「そうでもないわ」

茜がふてくされ、口を尖《とが》らせて言うと、陣内が無言のままでおいでおいでをした。

「何よ、父上、わたしをぶつの」

構えるようにして茜が言うと、陣内が失笑して、

「ンなわけねえだろ、いいからこっちへ来なさい」

茜が立って小腰を屈め、左母次と池之介にひょいひょいと手刀を切り、陣内の前へ来て神妙に座った。

「元気じゃねえってことはよ、なんかあったんだな」

「……」

「そうなんだな」

茜がコクッとうなずく。

「言ってみろよ」

返答はない。

陣内は見据えている。

左母次と池之介は気まずく見交わし、「あっしら、ちょっと表へ」と遠慮して左母次が言った。池之介も腰を浮かしかけている。

「構わないわ、二人ともいて」

茜に強く言われ、二人は居心地悪そうに座り直した。

茜は陣内の視線をまともに受けて、

「お爺ちゃんがいつもいつも父上のことを悪く言うから、今日は堪忍袋《かんにんぶくろ》の緒《お》を切って正面からぶつかっちゃったの。父上のどこがそんなにいけないの、いい加減にしてよって。それで湯島《ゆしま》のお屋敷が凄く嫌になって、とび出して来たのよ」

「母上はなんて言ってた、止めたのか」

「止めたけど、その母上にも釘を刺しておいたわ。どうせわたしの行く先はわかってるでしょうから、迎えになんか来ないでって」

「そしたら？」

「母上は来ないわよ。父上の顔なんか見たくないんだもの。だから暫くここにおいて。いいでしょ」

「いいも悪いも、おめえ……」

陣内の表情が思わず弛《ゆる》んだ。

湯島の屋敷というのは陣内の別れた妻るいの実家で、離縁以来、茜もそこに身を寄せていた。

茜の祖父、すなわちるいの父親伊沢九郎兵衛《いざわくろべえ》は昌平坂学問所《しょうへいざかがくもんじょ》の勤番《きんばん》で、五十俵扶持だから野火家より格上となる。伊沢は六十を過ぎた高齢であるも、頑固《がんこ》で融通の利かない性分で、元より陣内とは折り合いが悪く、るいと離縁になった時は手を叩いて喜んだと伝え聞いている。

狷介孤高《けんかいここう》な伊沢の気性は娘にも受け継がれているようで、るいはおのれの意思に固執するあまり、ひとたびそれがこじれると依怙地《いこじ》に人を許さず、決して打ち解けようとはしなくなる。だから陣内などは金輪際《こんりんざい》許して貰えないのである。

ところが茜はそんな伊沢家の気性とは無縁で、もろに野火家そのものの血筋なのだ。正義感の塊《かたまり》で鼻っ柱が強く、不正や悪事を見逃せず、そういうものに直面するとすぐに義を見てせざるは勇なきなりと、みずからを鼓舞《こぶ》する。弱い者が泣かされていたりすると、父親とおなじく放っておけなくなる気質《たち》で、つまりは武家ではあるものの、ちゃきちゃきの江戸っ子娘なのである。

「こいつぁあれだね、窮鳥懐《きゅうちょうふところ》に入れば猟師もこれを撃たずってのに似てるよね。あれ、ちょっと違ったかな」

陣内は誰にともなく言い、ほくほく顔になって、

「まっ、いいじゃねえか、そういうことならたまには生まれた家でのんびりしていき

なさいよ、茜ちゃん。ずっといてもいいんだけどね」

やさしい口調で言い、

「おめえたちも構わねえだろ」

「勿《もち》の論《ろん》ですぜ、あっしらに異存はござんせん」

左母次が言えば、池之介も喜んで、

「今の事件が片づいたら、憂《う》さ晴らしにどっかうめえもんでも食いに行きましょうよ、茜さん」

「その事件なんだけど……」

茜がオズオズと言いだし、三人の視線が集まった。

「隣りにいたから嫌でも耳に入っちゃったのよ。話に出ていた伊勢屋というのは馬喰町の大店のことよね。そこに盗っ人の引込役がいて、そいつを探し出すんでしょ」

引込役の名称は子供の頃から陣内がよく使っていたから、茜は自然と覚えたものだ。

三人が困ったような目を交わし合う。

「あのな、茜。そんなこたおめえの知ったこっちゃねえだろ。こっちに首突っ込まねえでくれねえかな。お小遣い上げっからさ、甘いもんでも食べて来なさい」

陣内が言って財布に手を突っ込み、銭をつかみ出して茜に差し出した。

茜はそんなものには目もくれず、

「父上、わたしにやらせて」

陣内がギョッとなって、

「な、何をよ」

「わたし、伊勢屋に潜り込んで引込役を見つけてみせる」

「ええっ」

「父上には橋渡しだけお願いするわ。女中か何かに化けて、わたしが悪い奴を焙《あぶ》り出すのよ」

左母次が慌てて、

「茜さん、そりゃよくねえ。旦那のでえじなお嬢さんが危ねえ橋を渡るなんて、あっしらが許しやせんぜ」

左母次が反対すれば、陣内も同意で、

「茜、左母次おじさんの言う通りだ。向こう見ずはよしなさい。おめえにそんなことされたらあたしたちの立場がなくなるでしょ。手柄を立てられたらどうするの。どうも有難うごぜえますって礼を言えってか」

「悪いけどどうでもいいのよ、父上の立場なんて。早いとこ引込役をつまみださなきゃ駄目じゃない」

「茜、見ての通りお父っつぁんは躰が弱いんだから、そんな無茶は言わないどくれな」

大きな躰を屈め、さも弱々しく咳込んでみせた。

「誰がなんと言ってもわたしはやる、うん、だんだんその気になってきた。池さんも止めないでね」

すると池之介はにっこり笑って、

「ええ、止めませんよ、あっしは。茜さんならやってのけると思います。なんてったって旦那のお嬢さんなんですから」

「おい、池、おめえてえげえにしねえか。ここはお嬢さんを止めるとこだぞ」

左母次が池之介を睨《にら》んだ。

「嬉しい、池さんていつもわたしの味方なのね」

「へえ」

「おい、左母ちゃん、どうしたらいいんだ。茜を柱に縛っとくわけにもいかねえし、この分だと湯島にゃけえらねえだろうしよ」

「困りましたねえ……」

腕組みして左母次が考え込んだ。

そこで陣内がポンと手を叩き、

「それじゃあさ、やらせてみるか」

突如、無謀なことを言いだした。

「えっ、旦那、本気で言ってるんですか」

左母次が混乱してきた。

「だってしょうがねえだろ、こいつはおいらそのものなんだから。胸の内は手に取るようにわかるんだよ。おっぱいは見たことねえけどな」

「こら、父上」

「あ、はい。それでな、一度言いだしたら聞かねえのが野火家の血筋よ、伝統なの。そうなるってえと頑固婆さんみてえにもう梃子《てこ》でも動かねえからね。だよな、茜」

「うん」

茜はもはや多くを言わず、きらきらとした目でうなずいた。

五

陣内の取った行動は早かった。

その日のうちに伊勢屋大旦那の清右衛門だけをひそかに呼び出し、茜を引き合わせた上で、引込役を暴《あば》くためにわが娘を潜り込ませたいのだと告げた。愛娘《まなむすめ》を敵地へ送り込む覚悟を、陣内はつけたのだ。

最初は驚いてためらっていた清右衛門だったが、やがてここはひとつお嬢さんに賭《か》けてみましょうかと言い、断を下した。やはり盗賊の探索には前向きな家柄なのである。

それで清右衛門は茜に木綿《もめん》の着物を着せ、髷なども町人風に結い直させ、二人して伊勢屋へ戻ると、新入りの女中ということにして広い家のなかを連れ廻し、店の者たちに引き合わせていった。茜の正体を知っているのは彼だけなのだ。

清右衛門を除き、世話役太兵衛、年寄役作次郎、小頭役亀吉、大番頭徳蔵、一番番頭卯之助、伊勢屋の幹部連中の顔と名前を覚えるのはひと苦労だったし、それ以外にも十番番頭金七《きんしち》、女中頭お綱《つな》等々、百人以上の奉公人に至ってはとても手が廻らず、茜はうんざりとなった。

しかし父上の話では、引込役は飯炊き権助や女中のなかにもいるということだから、油断はできないのだ。さらに伊勢屋出入りの魚屋や青物屋などにも疑いの目を向けねばならず、茜はめまいのする思いがした。

伊勢屋の女中は三十人余で、店が仕舞って二十帖の女中部屋に、女中たち全員が一堂に会しての晩飯は賑やかだった。

武家は品位を重んじ、ひそやかに静かに食べる習わしだから、こんな戦場のようなのは茜にとっては初体験なのだ。初めは圧倒されてどぎまぎとなったが、そこは臨機応変に切り替えて環境に溶け込むように努力した。

若い女中が多く、食べる量も半端でないから、お櫃《ひつ》の飯やおかずはすぐになくなり、新参者の茜はそれらを補うために何度も女中部屋と台所を往復した。

皆があらかた食べ終わる頃、ようやく茜は飯にありつけたが、今度は女中頭お綱を始めとして、何人かの女中たちがその周りを囲むようにして、茜の身の上を聞いてきた。

ここへ来る前はどこに奉公していたのか、親兄弟は何人なのか、あるいは好きな人はいるのかなどと矢継早《やつぎばや》に質問が浴びせられた。

それらはあらかじめ想定済みで、茜は奉公に出るのは初めてで、神田須田町《すだちょう》の指物師《さしものし》の三女であり、母親はすでに他界してと、でっち上げの身の上をすらすらと答えた。

そういう問答集も父親から授かったものだった。好きな男に関してはいないと言っておいたが、その時一瞬池之介の顔が浮かび、茜は内心で狼狽した。

（どうしちゃったの、馬鹿ね、わたしって。なんで池さんの顔が……）

答えが得られないから、動揺にはすぐに蓋《ふた》をした。

茜の素性が知れると女中たちの関心はほかへ移り、伊勢屋内部の噂話になった。それは肝心なことだから、茜は細大漏らさず耳を傾けた。

手代と隣家の女中の色恋沙汰《いろこいざた》や、誰それの身内の話など、他愛もない噂話が飛び交ったが、茜の心の琴線《きんせん》にひっかかるものはなかった。しかしたとえ取るに足りない話であっても、その裏にどんな謎が隠されているかわからないから、茜は取捨選択《しゅしゃせんたく》に苦労した。

（それもこれも、ここに馴れることだわ）

初日から実りは得られなかったが、明日からじっくりやるつもりで、茜は女中部屋の夜具にくるまった。

やがてどっぷり疲れきって泥のように眠る茜は、男のような大鼾《おおいびき》をかき、皆を起こして失笑を買った。

「いったいどういう子なんだろうねえ、この子ったら。新参者のくせして腹が据わってるっていうのか、あたしたちのことなんかなんとも思っちゃいないみたいだもの」

中年のお綱が半ば呆れ顔で言った。

するとほかの女中たちも口々に、

「でも言うことがはっきりしていて、わかり易い子よ」

「あたしもそう思った。気性は悪くないわ。この子なら仲良くやれそう」

「気に入りませんか、お綱さん」

「そんなことないよ、面白い子が入ったと思ってあたしも楽しみなんだ」

「でも急ですよね、この子の奉公。いつもの口入《くちい》れ屋《や》を通してないみたいだけど」

「なんでも大旦那さんが親類筋から頼まれたらしいよ。だから間違いのない子さ。ちょっと、鼾うるさいから掻巻被《かいまきかぶ》せちまいな」

お綱が邪険に言った。

六

椎《しい》の老樹の下に壊れかかった折戸《おりど》があり、その奥にささやかな物置小屋が古薪木《ふるたきぎ》や柴《しば》に埋もれて建っていた。大川に面した本所尾上町《おのえちょう》で、人けの少ない御石置場の近くだ。両国橋《りょうごくばし》がすぐそばに見えている。

陣内がやって来て、そのみすぼらしい小屋へためらうことなく入って行った。

なかにいたのは襤褸《ぼろ》を着た物乞《ものご》い同然の寸吉《すんきち》という男で、昼寝の最中だったから、びっくりして土間に敷いた莫蓙《ござ》からハネ起きた。家財など何もない寒々とした狭い内部だ。

「こ、こりゃ野火の旦那」

寸吉はよだれを拭い、陣内に向かって正座する。小屋にふさわしく中年の寸吉もみすぼらしい男で、小心者らしく、小柄だから吹けば飛ぶようだった。

「相変わらず豪勢な暮らしをしてるじゃねえか、寸吉っつぁん」

陣内の黒い冗談だ。

「へえまあ、ゆんべから何も食っちゃおりやせん。それを豪勢と言うなら言って下せえ。どうせあたしゃ物乞い同然に落ちぶれた大馬鹿者でござんすから」

ふてくされて寸吉は言う。

「誰もそんなこと思っちゃいねえよ。おめえに持ってきてやったぜ」

ふところから折詰《おりづめ》を取り出し、寸吉に手渡した。

「な、なんですか、また石ころじゃねえんでしょうね」

寸吉が半信半疑の顔になり、せかせかとした手つきで折詰を開け、赤飯が詰まっているのを見て「ああっ」と感嘆の声を漏らした。

「盗っ人の足洗ったおめえに石ころなんか食わせねえよ」

「前は食わせましたよね」

「あれはお仕置きじゃねえか。おめえが強情張って金の有り場所を言わねえからいけねえんだ」

「白状した後も無理矢理食わせられました」

「おめえが気に障《さわ》ること言ったからだ」

「かみさんに逃げられたな本当の話じゃねえですか」

「てめえ、それを蒸し返すってか」

「あわわっ、いいえ、食っていいですか」

陣内の返事を待つまでもなく、寸吉は手づかみで赤飯を貪《むさぼ》り食う。

寸吉は以前は三流の盗っ人だったが、陣内に捕まったのを機に足を洗ったのだ。

「ああっ、うめえ。赤飯なんて何年ぶりだ」

「めでてえことなんてねえものな」

「今日はなんですか、あたしの顔が拝みたくなったんですか」

「ンなわけねえだろ。聞きてえことがあって来たんだよ」

「赤飯分は喋りますぜ」

「銭だって恵んでやるよ」

「よほどのこってすね」

「なんで」

「だって旦那が銭をくれるなんて」

「ケチだってのか、おれが」

「貰ったことないですもん」

陣内が鐚銭《びたせん》を十数枚、床に並べた。

「うへっ、大金だ」

「馬喰町の伊勢屋って知ってるだろ」

「へえ、それがどうしました。ついこの間、盗っ人が十人もへえって捕まったとか」

「耳が早えな」

「蛇《じゃ》の道は蛇《へび》ですよ」

「蛇の道っておめえ、この野郎、足洗ったんじゃねえのか」

陣内に追及され、寸吉は泡を食って、

「風に乗って聞こえてくるんですって、そういう話は」

「実はな、十人捕まった後にまだ引込役が残ってるらしいんだ」

「どういうこって？」

「ややこしいかも知れねえけどな、つまり別口の盗っ人が伊勢屋を狙ってんのさ」

寸吉が合点して、

「なるほど、無理もねえですねえ、馬喰町の伊勢屋といったら十万両の身代だって聞きやしたから」

陣内が脅すように寸吉の顔を覗き込み、

「それでよ、次にどんな盗っ人が狙いをつけてんのか、見当つかねえか」

寸吉は盗っ人業界の情報に詳しいのだ。

「さあて……」

赤飯で口を膨《ふく》らませたまま、寸吉は考え込む。

陣内はじっくり待つ構えで、腰から煙草入《たばこい》れを引き抜き、煙管《きせる》に葉を詰めて見廻すが、火の気が見当たらない。

「おい、火はねえのか」

「すぐ用意します」

寸吉が背を向け、火を熾《おこ》しながら、

「今の江戸は盗っ人が大繁盛ですから、いってえどこの誰やら……なんぞ手掛かりはねえんですかい」

「何もねえ。けどどうやら店のもんのなかに引込役が潜り込んでることは確からしい。そいつがすばしっこくてよ、なかなか尻尾《しっぽ》をつかませねえのさ」

「ははーん、そうなるってえと、本式だ」

「なんだ、本式たあ」

「一流の盗っ人ってことですよ。そういう連中は引込役といえども、腕のあるれっきとした奴を潜り込ませるんです。ほんの手先なんかじゃねえってこってすね」

「心当たりはあるのか」

「何年かめえに上方に行った時、そういう一味の噂を聞いたことが」

「そいつらの名めえは」

「大鴉って聞きやしたぜ。念入りに仕事をする職人肌らしいんで」

「大鴉……江戸じゃ耳にしねえな」

「大鴉はあっしみてえな小泥棒じゃなくて、その上を行く大盗っ人でさ。手下が何百とも聞きやしたね。大昔の雲霧仁左衛門《くもきりにざえもん》がこの世に戻って来たみてえな、そんな噂を耳にして舌を巻いたことを憶えてまさあ」

「くそっ、冗談じゃねえ、何が雲霧仁左衛門だ。あんなのは戻って来なくていいんだよ」

「大鴉が江戸で外道働《げどうばたら》きを始めたらてえへんですぜ。そんなことにならなきゃいいんですけど」

陣内がにやっと笑って、

「嘘つけこけ。そうなったらいいと思ってんだろうが、おめえは」

「テヘッ、何もかもお見通しだ」

「いいか、どんなことでもいい、ちょっとでも変な噂を聞いたらおれに知らせるんだ。わかったな」

「そん時は鳥目《ちょうもく》をたんまり」

「ああ、たんまりくれてやらあ」

陣内は一点を睨み据え、じっと考え込んで紫煙を燻《くゆ》らせた。

七

足早に廊下を曲がって来たところで、すばやく手を握られた。

茜が驚いて身を硬くすると、一番番頭の卯之助が茜の手を放さぬままに、

「よく働くね、おまえ。大旦那様もいい人を連れて来たものだ」

「そ、それはどうも……」

茜はやんわりと手をふりほどき、

「店先に水を撒《ま》くように言われましたんで」

そそくさと行きかけた。

すると卯之助は人目を憚《はばか》りつつも、大胆にも茜を抱きしめた。

「な、何なさるんですか」

「おまえが気に入ったんだよ、今晩店が終わったら抜け出してさ、二人でどっかへ行かないか」

茜はヘドが出そうになるのを怺《こら》えながら、

「どっかってどこなんです」

「楽しい所へ行って、楽しいことをするに決まってるじゃないか」

「困ります。来たばかりのわたしにそんなこと言わないで下さいまし。どうか、離れて下さい」

「きれいだよ、茜」

卯之助が力を籠めて抱き竦《すく》め、茜が懸命に抗《あらが》う。抗いながらもなりゆきを見守る余裕が茜にはあった。

「何をしてるんだ」

近くで男の声がし、二人がハッとして見やると、そこに十番番頭の金七が立っていた。なよっとして色白の卯之助に比べ、金七は朴訥《ぼくとつ》で融通の利かない感の男だ。年は二人ともほぼおなじくらいと思われた。

茜は急いで卯之助から離れる。

「なんだ、おまえは」

むっとした顔で卯之助が言った。

「若い女中に手を出すのはやめたらどうだ。あんたの女癖の悪さはみんなが知ってるんだぞ」

「ふン、おまえみたいな田舎者に言われたくないね。うちは伊勢国の者しか出世できないようになっている。秩父《ちちぶ》のおまえじゃ十番番頭がいいところさ。それでもよく出世したものだよ」

「仕事ができるからさ。大旦那様の目を盗んでは女遊びばかりしているあんたとは違うんだ。そのうち追い抜いてやるからな」

「ちゃんちゃらおかしいね。わたしより上に行くなんて土台無理な話さ」

「そうやって言ってるがいい」

二人が睨み合い、右と左に別れて立ち去った。

なす術なく突っ立っている茜の背後に、お綱が立った。

「気をおつけよ、あんた」

「まあ、お綱さん、聞いてたんですか」

「あの二人は犬猿の仲だけどね、金七さんも言ってたように卯之助さんの女癖の悪いのは大旦那様も承知してるんだ。それに金七さんが仕事のできるのは本当だよ。だから追い抜くって話も、存外負け惜しみじゃないかも知れない」

「はあ……」

その時、離れた所から赤子の泣く声が聞こえてきた。

茜が驚いて見廻し、

「この家のなかに赤子がいるんですか」

「そうだよ。丁度いい、ついといで」

「えっ」

お綱にうながされ、茜がその後にしたがった。

廊下を幾つもくねくねと曲がり、奥の間へ辿《たど》り着くと、

「お内儀《かみ》さん、綱でございます」

「お入り」

部屋のなかから女の声がした。

お綱は唐紙《からかみ》を開け、茜を引き連れて入って行く。

そこでは乳母《うば》らしき女が赤子に乳を含ませていて、その横に三十前後の艶《あで》やかな内儀の姿があった。乳母はまだ若い女で、長屋のかみさん風だ。

「茜、大旦那さんのお内儀様でお吉《きち》様だよ」

茜が叩頭《こうとう》する。

「新しく入った女中なんです」

お綱が引き合わせると、お吉は茜に鷹揚《おうよう》な笑みを向け、

「しっかり働いて下さいね」

「はい」

茜は顔を上げてお吉と目が合い、同性ながら胸の高鳴る思いがした。

茜はお綱と店の方へ戻りながら、

「お綱さん、驚きましたよ。お内儀さんて、きれいな人ですねえ」

お吉は目鼻の整った顔立ちにえもいわれぬ色香を漂わせ、妖艶《ようえん》な年増女《としまおんな》の魅力に溢《あふ》

れていたのだ。

「だろう、あたしも最初に見た時はびっくりしたわよ」

「えっ、最初にって、大旦那様が在所からお連れンなった御方《おかた》じゃないんですか」

「大旦那様は何年も前にお内儀様を亡くされていて、一人で江戸へ来たんだけど、そのうち上野《うえの》の水茶屋でお吉さんに出会って落籍《ひか》せたのさ」

「それはいつの話なんです」

「確か去年の春だったね」

「それじゃすぐに赤子ができたんですか」

「そうじゃないよ、赤子はお吉さんの連れ子でね、あの子を抱えながら水茶屋で働くうちに大旦那と知り合って、大旦那も子がなかったから親子揃って引き取ったんだ。大旦那さん、今じゃわが子のように可愛がってるよ」

「まあ、それは……お内儀さんも運のいい人ですね」

「まったくだね。あたしがもう少し若かったら妻の座に座れたかも知れない。あらっ、そんなこたないか」

そう言って、お綱は陽気に笑った。

（ふうん、世の中にはそういう幸せな人もいるんだ）

内偵で潜り込んだとはいえ、茜はこたびのこれはなかなか人生勉強になるなと思った。そう思って行きつつ、茜の胸にぽつんと小さな雫《しずく》が落ちた。

(お内儀さんは乳母を雇っていた……ということは乳が出ないのね……)

疑惑というほどではないが、そのことが心に留まった。

八

組屋敷の庭で池之介が姫とじゃれ合っているところへ、陣内が奉行所から戻って来た。日が傾きかけ、辺りはなんとはなしにうす暗い。

陣内は大坂町奉行所から廻ってきた「盗賊類人別帳《にんべつちょう》」とある写しの分厚い帳面を、奉行所から借り受けてきていて、居室で池之介と向き合うと、

「こいつぁ去年、大坂町奉行所から廻ってきたものなんだけどよ、おおよそわかったぞ、大鴉のことが」

「へえ」

そこで陣内はキョロキョロと見廻し、

「あれっ、左母ちゃんはどうしたんだ」

池之介が視線を泳がせ、口籠もって、

「いえ、今日はちょっとそのう、野暮用が」

「いねえのか」

「あっしが承《うけたまわ》ります」

「ふうん」

陣内は解せない顔になる。

「どんな一味なんですか、大鴉ってのは」

「もうとんでもねえ奴らだよ。引込役は長えので一年も二年も潜り込ませるらしいぜ。そいでもってそいつぁ家の者よりその家に詳しくなってな、いざ出陣となるみてえだ」

「頭目は」

「それがなんにも書いてねえんだよ。男か女か、若えのか年寄なのか、そこがわからねえからこっちだって見当がつけられやしねえ」

「上方ではどれくらいの罪を重ねてるんですか」

「京都、大坂のあの辺の分限者《ぶげんしゃ》（金持ち）が軒並やられてるね。みんな何年掛かりの末に押込んでいる。引込役がしっかり働いてることに間違いねえな」

「頭数はどうなんです」

「何十か何百か、はっきりしたこた何もわかっちゃいねえ。これじゃ本当に雲霧仁左衛門の再来みてえだぜ。押込まれて斬り殺されたな十三人だとよ」

池之介が青褪《あおざ》めて、

「一味が伊勢屋へ押込んだら……旦那、茜さんはどうなっちまうんですか」

「おれもそれをしんぺえしてるんだ。あいつのこったから、賊どもに真っ向から向かってくかも知れねえものな」

「茜さん、剣術は」

「少しやったけどね、てえした腕前じゃねえと思うぜ。あいつと勝負したことねえからわからねえけど」

「大丈夫ですかねえ」

「茜の身を案じてくれてすまねえ」

「え、いえ」

「こういうのはさ、運を天に任せるしかねえんじゃねえの」

陣内はすぐに割り切るが、池之介は浮かない顔のままだ。

そこへ玄関先から、「もし、お尋ね致しやすが」とか細い男の声が聞こえた。

「あの声は寸吉だな」

陣内が池之介を待たせて席を立ち、玄関へ出て行った。

そこには姫が寸吉を怪しい男と思い、背中を立てて歯を剝《む》き、怒っている。

「あ、こりゃ旦那、このくそ猫、どこの野良か知りやせんけど、あっしを見たらいきなり脅しやがるんですよ」

「それは野良じゃねえの、おいらン所で飼ってんだよ。おめえの風体《ふうてい》じゃ怪しまれたってしょうがねえだろ」

「そうだったんですか、道理で可愛いなと」

「よく言いやがるぜ、今日はどうした」

「鳥目を頂きにめえりやした」

「ここで物乞いかよ」

「大鴉のこと、耳に入れて来たんですよ」

陣内がとたんに相好を崩し、

「いいとこあるね、寸吉っつぁん。上がって風呂でもへえってくか。お背中流してもいいんだぜ」

「いいえ、湯は結構です。後ろから首絞められやすから」

「それじゃ聞かしてくんな」

陣内が寸吉に真顔を据えた。

寸吉は声を低くし、

「やっぱり大鴉は江戸にへえっておりやしたよ、それも去年の春頃からだそうです」

「春頃かあ……」

「へえ」

「大鴉を知ってる同業が江戸にいるのか」

「でしょうね」

「だったらそいつに会わせろよ」

「それは無理ってもんです。こういう話ってな、人伝てから人伝てですから辿りようがねえんです」

「どっかで間違って伝わることはねえのか」

「そこいらは世間の噂話と違いやすからね、でえ丈夫ですぜ」

「もっと耳よりな話はねえのか」

「今日のところはそんなもんで。探りはつづけやすよ」

両手を突き出す寸吉に、陣内は袂《たもと》をまさぐって一分銀を一枚取り出し、つかませた。

「うわっ、こんなに。お有難うござんす」

「また頼むぜ」

「へい」

姫をひと睨みし、寸吉は立ち去った。

話を聞いていた池之介が出て来た。

「旦那、やはり大鴉は」

「おう、こいつぁ腹括《はらくく》ってやらなくちゃいけねえな」

池之介と共に奥へ戻りかけ、

「水臭えぞ、池ちゃん」

「へっ、なんのことで？」

「左母次の秘密だよ、白状して貰おうじゃねえか」

池之介が困って、

「いや、そいつぁ……実は口止めされてまして」

「そんなでえそれたことなのか」

「へえ、まあ」

「おれにゃ言えねえんだな」

「勘忍して下せえ」

「あそう、そういうことなら浮世の縁もこれまでよ。短いつき合いだったね、池ちゃん」

池之介が泣きっ面になって、

「旦那ぁ」

「でえ丈夫、おれぁ口が固えから。奥でじっくり聞こうじゃねえか。そのめえに晩飯作ってくれよ。いろいろ買ってあっから」

独り暮らしの長い池之介は、ことのほか料理がうまいのである。

九

岡っ引きになる前、左母次は刃物研《と》ぎの職人だった。

その頃に大工の娘お久《ひさ》と知り合い、所帯を持ったものの、左母次が転業して岡っ引きになってからは父娘との仲がうまくいかなくなった。

科人を乱暴に扱い、時に手疵を負わせ、またいつ後ろから刺されるかわからないような危険な仕事はやめてくれと、父娘は口を揃えて言うのだ。

しかし左母次は研ぎ職人に戻る気にはなれず、十手道に邁進《まいしん》した。

父娘との間はますます隔たり、遂《つい》にはお久は左母次を見限って出て行ってしまった。

それで縁切りだった。

その後、冷静に話し合うことになり、二人が新所帯を持った頃にお久の父親が建ててくれた家を明け渡し、左母次は八丁堀界隈の長屋に移り住んだ。

それもこの二、三年の間に転居を繰り返しており、今は日本橋新右衛門町《しんえもんちょう》の文六長屋《ぶんろくなが や》という所に住んでいる。そこは五軒長屋の一軒で、八帖一間に土間と竈《へっつい》がついて、独り者には結構な住まいだった。

住人は日傭《ひようと》取り、商家奉公人、職人、外売りの連中と聞いているが、左母次はここへ来てまだ三月なので、彼らとまともに言葉を交わしたことがない。

捕物でしょっちゅう不在だし、ふだんは近くの陣内の組屋敷へ行き、そこで飲み食いを済ませ、また泊まってくることも多く、滅多に長屋に帰って来ないからだ。それは池之介もおなじだった。

だが長屋の建物はまだ新しく、住み易いので、左母次は新居が大いに気に入っていた。気に入った理由はもうひとつあり、そっちの方が左母次には大事なのだ。

隣り町の川瀬石町《かわせこくちょう》に住む妙齢《みょうれい》の女と、知り合ったからである。

それは紅売りを生業とする女で、その名を初糸《はついと》といった。

刷紅師《すりべにし》が紅花でこさえた化粧類を仕入れ、売り歩くのだ。品物は主に口紅や頬紅で、この頃になると婦女子の化粧が盛んだから、どこへ行ってもよく売れるらしい。

きっかけは初糸の方からだった。

数日前から家の周りを妙な男がうろついていて、気味が悪いからなんとかしてくれないかと、文六長屋に岡っ引きが住んでいることをどこからか聞きつけ、初糸が左母次の許へ訴えてきたのだ。

初めて会った時、左母次は初糸の美貌に目の眩《くら》む思いがした。

町人と思えるが、初糸は若くて立ち姿もよく、それは申し分のない窈窕《ようちょう》とした女だったのである。

川瀬石町の裏通りにある薬師《やくし》長屋が初糸の住まいで、左母次が一日二日張り込むち、妙な男というのを捕まえた。

それは音羽町《おとわちょう》に住む米の仲買人で、妻子がいながら勝手に初糸に懸想《けそう》し、なんとか知り合いたいと思ってうろついていたのだ。

左母次が叱るまでもなく、男は目が覚めた様子で、初糸への思いを断ち切ると誓ったので放免してやった。岡っ引きがついていたのでは手は出せないと覚《さと》ったようだ。

変人とまではいかず、男にまだ分別があったから救われた。

それからお礼をしたいからと、初糸は左母次を食事に招いた。

江戸《えど》橋広小路《ばしひろこうじ》の料理屋で歓待され、酒や料理にすっかり打ち解け、たがいの身の上を語り合った。

初糸は独り身で、一度も嫁いだことはないという。在所は神田佐久間町《さくまちょう》だが実家はすでになく、親兄弟もこの世にはおらず、初糸は肉親の縁が薄いのだと言う。

詳しい事情はわからぬものの、決して明るくはない自分の境涯《きょうがい》を、だが初糸は暗くならずに語った。

健気《けなげ》に生きているそんな姿に、左母次は打たれた。ずっと守ってやりたくなったのだ。

といって、初糸の住居に岡っ引き風情が足繁《あししげ》く出入りしては、人目もあるし彼女に迷惑がかかると思うから、左母次はじっと我慢してなるべく訪ねないようにしていた。するとある時などは初糸の方からやって来て、彼女がこさえた煮物などを置いていってくれたりした。

仕事柄、左母次は慎重に事を運ぶ習性が身についており、感情を表に出さないようにして、むしろ素っ気ないような態度で初糸に接している。だが心のなかでは彼女への熱い思いが渦巻いていた。

（おれもそろそろ先のことを考えるかな）

三十に手が届くのだから、そろそろどころではないのだ。

その日、左母次は初糸と逢って、江戸橋で待ち合わせをして河岸《かし》をそぞろ歩いていた。

昨日のうちに子供の使いが来て、初糸から逢いたいという旨の文を貰い、それで海賊橋《かいぞくばし》近くの荒神《こうじん》長屋に住む池之介の許へひとっ走りした。

これまで池之介に初糸の話はしたことがなく、最近になって知り合った紅売りの女に急に逢うことになったと告げ、陣内の方を頼んだ。

それだけで池之介は何かを察したようで、いろいろ根掘り葉掘り聞いてきたが、左母次は詳しい説明はせずに立ち去った。大鴉一味のことが気に掛かっていたが、今の左母次にとって初糸はもっと大事に思えたのだ。

ところが風に吹かれながら、初糸が妙なことを言いだした。

「わたし、少しいなくなります」

「えっ」

左母次は面食らった。

「実は大事を抱える身なんです、わたし」

「大事を？　それはいってえどんな……」

「左母次さんとはこうして親しくさせて頂いて、とても心苦しいんですけど、詳しいわけはご容赦《ようしゃ》下さい」

「そ、そりゃねえでしょう、どんなことでも言って下せえ。力ンなりやすぜ」

「お気持ちはよく……でも、本当に打ち明けるわけにはゆかないんです」

「初糸さん」

左母次が真剣な目で初糸を見た。

「ご免なさい、今は何も……」

初糸は苦しい表情になってうつむく。

「どこへ行くんですね」

「江戸を離れます」

「なんですって」

「でもかならず帰って参ります。そのつもりでおります」

初糸の方も切ないような、熱い目を向けてきた。

左母次はそっと探るように見やって、

「初糸さん、おめえさん、今まで気づかなかったが元はお武家様ですね、そうでござんしょう」

　間があった。

「どうしてそう思いますか」

　小さな声で初糸が言った。

「おめえさんの仕草や言葉遣い、それにどこか隙のねえところですよ。武芸も心得ていなさる。違いやすか」

「……」

「あっしはね、初糸さん。おめえさんのためならなんだってやる気になってたんだ。女独りで生きてるその姿を見て、心打たれたんですよ。それは今もこの先も変わるもんじゃねえ」

「……」

　初糸は何も言わずに静かに退くと、そこで深々と辞儀をして、

「かならず戻って参ります」

　それだけ言い残し、後をも見ずに立ち去った。

　左母次は茫然《ぼうぜん》と見送るしかなかった。

　手のなかから、大事なものがすり抜けて行ったような気がした。

十

その夜のことである。

女中たちはあらかた寝てしまったが、茜はみずから夜廻りを買って出て、身を切るように冷たい伊勢屋の廊下を見廻っていた。

手燭《てしよく》の灯は赤々としたのをやめ、うすぼんやりの豆蠟燭《まめろうそく》にしている。これなら敵もすぐには気づくまいと、それも父親が教えてくれたことだ。

一室に明りが灯っていて、ボソボソとした男たちの声が聞こえた。

茜がそっと寄って行って耳を欹《そばだ》てる。

室内では食器の触れ合う音がしており、何人かが車座になって酒でも飲んでいる様子が窺えた。

「妙だと思わないかえ」

年寄役作次郎の声だ。

それに答える世話役太兵衛の声がして、

「うむ、そいつはなんとも言えないよ。ふつう赤子は生まれて半年が過ぎる頃から粥《かゆ》を食べだすと聞いてるけど、こいつばかりはその子しだいじゃないのかな。一年半が経っても、粥を食べながらまだ乳を呑んでる子はざらにいるだろう。乳離れはそれぞれ違うってことだよ」

「もう二年近くになるんだよ。生まれたのが去年の春って聞いてるけど、それが三月か四月かはともかく、やけに長いとわたしは思うんだ」

内儀お吉の連れ子のことが話題になっているのだ。

茜はその場から離れられなくなった。

「年寄役さんは何をおっしゃりたいんですかね」

笑いを含んだ小頭役亀吉の声だ。

「いえね、あのお才《さい》という乳母がいつまでもここにいるから気になって仕方ないのさ。それにもっと変なのは、お才は自分の子に乳をやりに行くはずが、いつだってここにいるよね。出掛けるのを見たことがないんだ。家はどこなんだい」

それには大番頭の徳蔵が答えて、

「お才の家はうちとは目と鼻の金比羅《こんぴら》長屋でしてね、おなじ町内なんですよ。お内儀様の乳の出が悪いんで、ご自分で乳母を探してきてお才に頼みたいと、こうおっしゃるんで、大旦那様もそれがよいということになってわたしが身許を確かめて雇いました。亭主は植木職で、素性がしっかりしているから安心したんです。それにお才は暇を見つけては長屋へ戻っていますよ。わたしは何度も見ていますが、年寄役さんが気づかないだけじゃないんですか」

「そうかなあ」

「年寄役さんはなんぞお才が怪しいとでも言うのかね」

太兵衛が言うのへ、作次郎は唸るようにして、

「なんと言ったらいいのか、お才そのものがどうこうと言うより、わたしはハナっから お内儀さんの連れ子のことが気に掛かってならないのさ」

そこで作次郎の溜息が聞こえ、

「ああっ、まったくもどかしいったらないねえ、そう思ってるのはわたしだけなのかえ。ほら、この間来た野火様というお役人が言ってたじゃないか。盗っ人の引込役の話だよ」

太兵衛の失笑する声が聞こえ、

「妙なことを持ち出さないどくれよ、年寄役さん。ついこの間盗っ人が捕まったばかりなのに、いくらなんでもまたうちに災難が降りかかるなんてありえないじゃないか。おまえさんの考え過ぎだってば」

その後は話題はほかへ飛び、和《なご》やかな雑談に戻った。

それきり年寄役作次郎の声は聞こえてこないから、沈黙して悩んでいるように思えた。

翌朝――。

茜は昨夜聞いた幹部連中の話が気になってならず、竹箒《たけぼうき》を手に掃除をするふりをして、庭伝いに奥の間のある方へ近づいて行った。

雑木に隠れて見やると、お才が赤子に乳を含ませているところが目に入った。お吉の姿はない。

どこから見てもその光景に不審はなく、乳母が赤子に乳をやっているだけにしか見えない。

その時、かさっ、こそっと枯葉を踏む音が聞こえた。

茜はハッとなり、さらに雑木の奥へ身を隠した。

庭の花を摘んだお吉が現れ、庭下駄《にわげた》を脱いで縁側へ上がり、お才のそばに座って一輪挿《いちりんざ》しに花を活《い》けだす。

「お内儀さん、そろそろあたし……」

そう言いだすお才の声には怯《おび》えにも似たものがあり、茜は妙だと思った。

「えっ、そろそろなあに」

お吉が背を向けたまま、のんびりとした口調で問うた。

「戻りたいんです、お許し願えませんか」

「それは駄目よ、もう少し待って」

お吉がふり向くと、お才は気弱な目を伏せて、

「でもこの子どんどん大きくなっていくんですよ。いつまでもこんなことをしているわけには」

「そう長くは待たせないわ、年の内になんとかするから」

「正月は三人で迎えたいんです」

（三人で？……）

お才の言葉を聞き咎《とが》め、茜の胸に烈《はげ》しい疑惑が突き上げた。

十一

金比羅長屋のドブ板を踏んで、植木職の政吉《まさきち》が帰って来た。

政吉は三十前と思われるが、髭面《ひげづら》で月代《さかやき》も伸び、顔色も悪く、とてもまともに働いている男には見えない。

その様子を見て、井戸端にいたかみさんたちが何やらヒソヒソと囁《ささや》き合っている。

「なんだよ、何見てやがるんだ。またおれの悪口言っててんのか。ヘン、おきやがれってんだ」

そうほざいて油障子を開けた政吉が、色を変えて立ち竦んだ。

家のなかで左母次と池之介が待っていたのだ。茜からのつなぎで、二人は迅速《じんそく》に動いたのである。

二人が手にした十手を見て、政吉は逃げ腰になって、

「ど、どちらさんですかね、あっしぁ何も悪いことは」

身をひるがえそうとするのを、池之介がすばやく立って政吉の腕をつかみ、家のなかへ入れて油障子を閉め切った。

「金廻りがいいらしいな、政吉さんよ」

左母次が言い、政吉を見据えて、

「朝まで博奕《ばくち》を打ってたのかい」

「そんなもの、やってねえですよ」

顔を伏せたままで政吉が答える。

池之介がせせら笑って、

「長屋の人はみんなそう言ってますよ、政吉さん。おめえさん、植木職もやめちまったそうじゃないですか」

「やめちゃおりませんよ。親方と仲が悪くなっちまったんで、今はちょっと……」

「親方の増二郎《ますじろう》さんの所へも行って聞いてきたんだ」

左母次に言われると、政吉は青菜に塩の風情となって、

「勘弁して下せえ、もう金輪際……」

「親方はおめえさんと仲が悪くなったとは言ってなかったなあ。政吉は去年の春頃から怠け癖がついて仕事をやらなくなったと、そう言ってるんだよ。性根を入れ替えるんならいつでも戻って来いと、親方は言っていなすった」

「へ、へえ、あっしもそろそろちゃんとしなくちゃいけねえと思っちゃおりやした。ですんで、どうか今日のところはお目こぼしを」

「そうはいかねえさ。今から博奕の科でしょっ引くぜ、いいな」

「そんなぁ……」

政吉が愕然《がくぜん》となった。


ところが馬喰町の自身番へ連れて来られると、奥の板の間で待っていたのは陣内で

あった。

町方同心の姿を見て、これは博奕の科どころではないと政吉は察しをつけ、身を硬くして座った。明らかに脛《すね》に疵持つ身の男の顔になっている。

その背後に左母次と池之介が、逃げ道を塞ぐようにして着座した。

陣内はすぐには何も言わず、人を食ったような顔で蜜柑《みかん》の皮を剥いている。

政吉がしびれを切らせて、

「いってえなんなんですか、こんな所へ閉じ籠めて。息苦しいったらねえな」

開き直ったように言った。

「おめえと女房との間にできた子はどこ行ったんだ」

陣内がボソッと言う。

政吉は俄《にわか》に落ち着きを失って、

「そ、それも長屋の連中に聞いてご存知のはずですがね。あそこは日当たりがよくねえからお才の在所の板橋《いたばし》へ行って、そこで爺さん婆さんに育てて貰ってるんですよ」

「それじゃ今から行くか」

「へっ？」

陣内の言葉に、政吉の顔面が硬直した。

「みんなで行っておめえの赤子を拝まして貰おうじゃねえか。日の暮れまでにゃ着くだろう。さあ、善は急げだ」

「ちょっ、ちょっと待って下せえ」

政吉は狼狽し、みるみる腰砕けとなって、

「何も旦那がわざわざ行くほどのこっちゃござんせんよ。どこにでもいるつまらねえガキですんで」

陣内はまた黙り込み、蜜柑を食べだした。

政吉は不安にかられ、救いを求めるようにふり向くが、左母次も池之介も石のように無表情だ。

「もっと近くにいるんだろ、赤子は」

陣内がぐさっと言った。

政吉は震えがきて、それでも必死に、

「あ、いや、そうじゃねえ、あっしぁ板橋に行ったことがねえんだ。仕事にかまけて赤ん坊に会いに行く暇がねえんでさ」

明らかに苦しい言い逃れだ。

「そりゃ変だな。だっておめえ、仕事はしてねえんだろ。毎晩大伝馬町の賭場に入り浸ってるそうじゃねえか」

政吉がうなだれ、言葉を失う。

「おめえの女房は乳母に雇われて伊勢屋に居つづけだ。時々けえって来るのはおめえに金を渡すためだ。その金でおめえは博奕三昧《ざんまい》のようだな。月々幾ら貰ってるんだ、政吉っちゃんよ」

「……」

「この野郎人が下手《したて》に出てりゃいい気ンなりやがって、つけあがるんじゃねえぞ」

陣内が大喝《だいかつ》し、政吉は蒼白になった。力が抜けてへたり込む。

（落ちたな）

陣内がキラッと目を光らせ、

「有体《ありてい》に言えよ。そうしたら博奕の科の方は目を瞑《つむ》ってやってもいい」

政吉は泣きっ面で逡巡《しゅんじゅん》していたが、

「……去年の春のことでした」

語りだすと、三人の視線が集まった。

「あっしン所にガキが生まれて夫婦で喜んでいると、伊勢屋のお内儀さんが突然見えられて、その子をうちで育てないかと言うんですよ。あんまりおかしな話なんで、こっちは意味がわからなくて面食らっていると、お内儀さん、その時は詳しい事情は言いやせんでしたが、言う通りにしてくれたら月々一両出すと、そう言われてあっしら有頂天《うちようてん》になりやしたよ。それに長屋よりきれいな大店で子が育つんですから言うこたござんせん」

「それで請負《うけお》ったんだな」

「へ、へい」

「けどよ、どう考えても妙な話じゃねえか。どんな魂胆《こんたん》があるのかと、探ってみる気にゃならなかったのか」

「いえ、探るまでもござんせん。お内儀さんはうちのガキを自分の子だと偽《いつわ》って、お店に置いておきてえ、そうすると大旦那さんが大層喜ぶらしいんで。そういうことを大分経ってから打ち明けてくれやした。言ってみりゃあっしらは人助けをしてるようなもんだと、お内儀さんがそう言うから、それもそうだと納得したんで。ところが月に一両貰ってるうちに働くのが嫌ンなっちまいやして、ついつい賭場通いをするように」

それ以上のことは何も知らないらしく、陣内が二、三質問をぶつけてみたが、政吉の答えに有力なものはなかった。

「よし、わかったぜ。政吉、おめえは大番屋送りだ。少しばかり牢屋《ろうや》にへえってろ」

政吉が泡を食って、

「待って下せえ、話が違うじゃねえですか。有体に打ち明けたら博奕の罪は見逃してくれると」

「いいからよ、命が惜しかったら牢屋にへえってろ」

政吉を一人で置いておくのは危険だと、陣内は思っていた。大鴉一味の魔の手が伸びることを考えているのだ。

「い、命が？　そりゃどういうこって」

「おめえは知り過ぎてるんだよ。一件が片づいたら何もかも説明してやる」

「だったらお才はどうなるんですか、お才とガキも命を狙われるんですかい」

「そんなこたおいらがさせねえ。ともかくおめえは邪魔だから言う通りにしてろ」

陣内が町役人を呼び、指示を与えて政吉を連れ出させた。

「池、おめえは伊勢屋へ行って大旦那を呼び出して来い」

「承知しました」

池之介がとび出して行った。

「左母次、おめえは茜とつなぎを取ってお吉の動きを見張るんだ」

左母次が緊張の面持ちで、

「旦那、やはり内儀のお吉は」

「たぶん間違いねえ、大鴉の引込役だ。裏を取りゃわかるこった」

「へっ」

行きかける左母次を、陣内が呼び止めた。

「待ちな、左母ちゃん」

「なんです」

「いい人ができたらしいじゃねえか」

「あ、いや、そいつぁ……」

少なからず左母次は狼狽する。

ここで初糸のことを打ち明けるわけにはいかないと思った。川瀬石町の薬師長屋は、家財道具はそのままに依然として初糸は行方《ゆくえ》を断ったままだった。それでいて店賃《たなちん》は向こう一年分を大家に払っているのだ。したがって大事を抱えているという彼女の謎も、未だわかっていないのだ。

「あたしゃね、おめえさんの色恋に口を挟むつもりは毛頭ねえよ。けどそういう女ができたんならできたで、言ってくれねえと」

「それがその、まだはっきりとは」

「えっ？　どういうことよ、はっきりしねえとは。きれいな人なのか、年は幾つなんだ、独り身なんだろ。まさかわけありじゃねえんだろうな」

「旦那、今はまだ何も言えねえんで。勘弁して下せえ」

「あ、そう」

「茜さんの所へ行ってめえりやす」

左母次が逃げるように出て行った。

陣内はまた蜜柑に手を伸ばして、

（これで外堀は埋まってきたな。覚悟しやがれ、大鴉め）

胸の内でつぶやき、思いはまた左母次に戻って、

「それにしても気になるなあ、左母次……」

子分を思う親分の顔になって独りごちた。

十二

伊勢屋が所有する馬喰町の旅人宿で清右衛門と密会し、陣内はお吉への疑惑をぶつけてみた。それには池之介も同席した。

お吉が盗っ人の引込役かも知れないと陣内から聞かされるや、清右衛門は烈しい衝撃に打ちのめされ、暫《しば》し沈黙して考え込んでしまった。

やがて青褪めた顔を上げると、

「今にして思えば、奇妙なことが多々ございました」

声をやや震わせながら、清右衛門が語りだした。

それによると、こうだ。

清右衛門は最初の女房とは伊勢国にいる時に死別し、そのまま後添《のちぞ》えは貰わず、江戸店を任せられるようになった。芸者遊びや女郎買いなどをする暇もなく、江戸店を守《も》り立てるためにまっしぐらに働いてきた。ようやく店が軌道に乗ったところで気持ちに多少の弛みが出て、ある日、寄合の帰りに同業に誘われ、上野の松乃屋《まつのや》という水茶屋へ行った。

そこでお吉と出会ったのだ。

水茶屋は江戸の初めの頃は葭簾《よしず》張《ば》りの素朴な掛茶屋として親しまれていたが、そのうち接待の女を置くようになり、繁栄に拍車がかかった。やがてどこも競《きそ》い合うようにして美形の女を置き、夜も営業するようになって、店の構えも大きくなり、女たちは客の酒食の相手や、なかには売色もするようになっていった。

お吉と馴染むうち、清右衛門は身の上を打ち明けた。先立たれた女房との間に子を生さなかったことが悔まれてならぬと言うと、お吉も打ち明け話をし、実は自分も亭主持ちだったが、半年前に死なれ、生まれて間もない子を抱える身だと告白した。水茶屋に行っている時は、近所の赤子のいる女に頼んでいるのだという。

お吉が子持ちの女と知るや、清右衛門の思いは一気に加速し、たとえ生さぬ仲でもその子と三人の家庭を持ちたくなった。そうなるとお吉の方も断る理由はないから、祝言話はとんとん拍子に進み、晴れて夫婦《めおと》となった。

夫婦となってから、お吉は乳の出がよくないために乳母を雇うことになり、自分で選んでお才という女を連れて来た。

当初、そのことになんの疑念も抱かなかったが、近頃では清右衛門は腑《ふ》に落ちない思いがしてならないという。

まずお才のことだが、まるでお吉に因果《いんが》でも含まされているようで、清右衛門に極端に赤子を見せようとしない。またお吉が赤子を抱いている姿を滅多に見たことがなく、どう考えても不自然なのだ。

それに時折、清右衛門の居室がわからぬように調べられていることがあった。いつぞやは秘密にしている邸内の見取図が紛失し、大騒ぎとなったが、それは別の場所から出てきたから、その時は自分の思い違いだろうと考えた。

それらはすべて田子の茂作一味が落とし穴に落ちて捕まる前の出来事だったから、その後捕まった引込役小兵衛の仕業《しわざ》と思い、自分を得心させた。

しかし一抹《いちまつ》の疑念は今でも残っていた。

人に言えぬまま、清右衛門はお吉への形のない疑いをしだいに募らせ、落ち着かぬ日々だったのだ。

「お吉は臨機応変におめえさんに話を合わせたんだな」

陣内が言った。

「と申しますと？」

「おめえさんが子を欲しがっていることがわかると、自分には生まれて間もない赤子がいるという。そいでもっておめえさんがお吉にのめり込むように仕向けて、お才に因果を含ませて子を調達し、うめえこと祝言に漕《こ》ぎつけたんだよ。そうなるってえと後はこっちのもんで、お才と赤子ごと店に住まわせるようにしたんだろうぜ」

「で、では赤子はお才の子なんですか」

清右衛門が驚きの目を剝くと、陣内はうなずき、

「騙くらかされてたんだな、おめえさんは」

「そんなぁ……」

　清右衛門は愕然となる。

「ひとつ聞きてえんだがよ、一等最初に上野の水茶屋におめえさんを案内したのは同業だと言ったな」

「はい、黒門町《くろもんちょう》の美濃屋《みのや》さんです。商いを始めて日が浅いので、何かとわたしを頼りにしてよくつき合っておりました」

「今でもあるのかい、その店」

「いえ、それが……今年の秋口に店を閉じたと聞きました。元々小さな呉服店でしたが、この不景気でございますからやむをえないものと」

「そうじゃあるめえ、押込みが近えから商売する必要がなくなったんだよ。その美濃屋の役割は、おめえさんとお吉を引き合わせることだったのさ」

「ええっ」

「お吉はお才に年の内に赤子共々引き取ってもいいと言っている。てえことは、もうそんなに日がねえんじゃねえのか」

「で、ではまたうちに押込みが……」

「見取図は手にへえったし、要所要所の合鍵なんざとっくにこさえてるはずだ。後はおめえ、お吉が一味を引っ張り込んで押込みかけるだけだろ」

清右衛門は怖ろしそうにうなだれて聞いていたが、

「赤子のことでございますが、なぜお吉はわたしを遠ざけようとするんでしょうか」

「後ろめてえからじゃねえかな。それか、赤子がお吉にまったく似てねえとか、お才がボロを出さねえかとか、いろんな思惑があんのかも知れねえ。都合が悪いんだろ、おめえさんが近づくと」

清右衛門は悄然《しょうぜん》としていたが、

「野火様、うちをお守り頂けますか」

「おう、守らいでか。それにゃおめえさんにもいろいろと手伝って貰わなきゃならねえ。重職の連中にゃこのことは秘密にしといてくんな」

「はい、仰《おお》せの通りに」

これはわたしからの気持ちでございますと言い、清右衛門は分厚い金包みを陣内の方へ差しやった。

池之介はそれをチラッと見て、十両はあると踏んだ。

「池ちゃん、あれ、なんだろ」

陣内が窓の外を指し、池之介がそっちに目をやった隙に、すばやく金包みをふところへねじ込んだ。

そういう見え見えの芝居をするところが、陣内の憎めないところだった。その金はいずれ左母次と池之介のお手当てになるのだ。

十三

その夜から伊勢屋の張込みが始まった。

お上御用の名目で、伊勢屋の真ん前にある海苔屋《のりや》の二階一室を借り受けた。近所だからそれには清右衛門の口添えもあった。

そこに陣内、左母次、池之介、それに奉行所から応援の定廻り同心三人にも来て貰い、交替で見張ることになった。ほかにも岡っ引きたちが数人、助っ人に駆けつけた。

海苔屋は老夫婦だけだったから、夜は一階で早くに寝てしまい、出入りする方は楽だった。

常に十人前後が海苔屋に詰め、緊急時に備えているが、陣内はそれでも人数が足りないと、一抹の不安を感じていた。大鴉一味の全容がつかめないからだ。

だが十人以上となると、いくらうまくやっても近隣に気づかれる。どこに一味の目があるか知れないから、そこいらの人数が限度と思われた。

左母次は上野黒門町の美濃屋を調べに行ったが、そこはすでに違う店になっていた。以前の美濃屋のことを聞いて廻ると、主と奉公人で、男ばかりの九人の陣容だということがわかった。よく働く連中だったとの近所の評判だ。

そうやってもっともらしく装っていたようだが、その九人は盗っ人の一味なのだ。しかし二年近くも堅気《かたぎ》の商人暮らしをしていたのだから、やはり尋常な盗っ人一味とは違うと左母次は思った。

首魁《しゅかい》の顔が見えず、左母次の想像のなかでお吉の存在感が増した。

陣内にそのことを伝えると、「こいつぁ戦《いくさ》になるかも知れねえな」と言われた。

左母次は身の引き締まる思いがした。死は別として、今の左母次は大怪我《おおけが》などしたくなかった。

いつ初糸が戻って来るか知れず、寝たきりにはなりたくないのだ。


三日目の夕方だった。

伊勢屋の大戸が下ろされ、店仕舞いとなって間もなく、裏手から赤子をおぶったお才が出て来た。大きな風呂敷包みを抱いている。お才は帰されたのだ。

池之介がそれを見つけ、海苔屋の二階にいる陣内に知らせた。そこには左母次もいた。陣内はすぐに二人をしたがえ、海苔屋の裏手から外へ出て、路地伝いに小走った。やがて裏道沿いに歩いているお才に追いついた。

「待ちな」

陣内が言い、二人に囲まれてお才は仰天《ぎょうてん》した。

「な、なんでしょう」

「わけあって伊勢屋にゃへえれねえもんだからよ、今までおめえに話を聞くこたできなかったんだ」

陣内が言い訳のようにして言い、

「その子はおめえの子だな」

念押しした。

「いえ、あの、それは……」

お才はしどろもどろだ。

「もうみんなわかってることなんだ。乳母のふりして、結局おめえは伊勢屋で自分の子を育てていた。そうだろ」

陣内に言われ、お才は明かしていいものかどうか烈しく迷っている。

左母次がすっと寄ってお才の耳許で囁く。

「しんぺえするなよ、おめえさんたち夫婦に罪はねえ。いいか、お内儀さんの正体は盗っ人なんだぜ」

「ええっ」

おオはまた仰天だ。

左母次がつづける。

「けど月一両の金のためとはいえ、おめえさんたちは一味に関わっちまった。口封じでもされておかしなことになっちゃいけねえから、亭主の政吉は大番屋の牢へ入れてあるぜ。そいつぁ博奕の科もあるんだけどな。盗っ人どもがお縄になったらすぐに放免してやるよ」

「そ、そうだったんですか……」

おオはおののき、あまりのことにその場にしゃがみ込んで、

「うちの人、あれほど博奕はしないでって言ったのに。大馬鹿だよ」

愚痴《ぐち》った。

だが赤子が泣きだし、すぐに立ってあやしながら、

「お内儀さんに今日でもういいよと言われたんです。前々からおかしなことだらけで、気が変になりそうでした。あたしの話を聞いて貰えますか」

そう言うと、陣内が制して、

「今ここでおめえの話を聞いてる暇はねえんだ。あらかたのことはわかってるからもういいぜ。行きな」

「でも、あたし……」

するとと池之介が前へ出て、

「お才さん、できれば金比羅長屋じゃねえ方がいいですよ。どうせけえっても誰もいねえんだし、今日は知り合いの所に身を寄せるこってすね」

「わ、わかりました、そういうことならそうします。亀井町《かめいちょう》の方に親類がいますんで、今日はそっちへ」

おお才は青い顔で三人へ頭を下げ、夜の帳《とばり》の下りた向こうへ急いで消え去った。

陣内が二人へ油断のない目を向けると、

「戦が始まらあ。お二人さん、ふんどし引き締めていこうじゃねえか。しっかり頼んますよ」

図太い笑みを見せて言った。

十四

漆黒《しっこく》の神田川に、灯のない三艘《さんそう》の舟が音もなく流れて来て岸に横づけされた。

総勢三十人余の黒装束が一斉に降り立ち、柳原土手《やなぎわらどて》を駆け登り、馬喰町めざして夜道を駆った。

男たちは長脇差《ながどす》、手槍《てやり》、鳶口《とびぐち》などの武器を携帯している。異様な興奮に彼らは獣のように低く唸っている。これから始まる殺戮に武者震《むしゃぶる》いしているのだ。

しかし富松町《とみまつちょう》、橋本町《はしもとちょう》を過ぎ、馬喰町へ入ったところで、全員が緊迫の表情になってたたらを踏んだ。

無数の御用提灯が、四方から一斉に照らされたのだ。

十重二十重《とえはたえ》の捕方群のなかから、陣内がずいっと前へ出て来た。

陣内は着物を尻端折りにし、鎖帷子《くさりかたびら》を着込み、さらに襷掛《たすきが》けをして鉢巻《はちまき》をし、完全武装している。

「小鴉ちゃんたち、大変だったろ、ここまで来るの。盗っ人も楽じゃねえよな。あのさ、もうおめえたちの負けなの。観念して縛《ばく》につきなさい」

陣内が歪《ゆが》んだ笑みを浮かべた。

大鴉一味が吠《ほ》えまくり、白刃を抜いて戦闘態勢に入った。

それへ怒濤《どとう》の如《ごと》くに捕方が襲いかかった。突棒《つくぼう》、さす股《また》、袖《そで》がらみなどの捕物道具が賊どもを強《したた》かに打擲《ちょうちゃく》する。十手で脳天を割られた賊の一人は血まみれで転げ廻った。捕方が斬られて怪我をすると、他の者たちがその賊を袋叩きにし、倍返しにされた。

阿鼻叫喚《あびきょうかん》の坩堝《るつぼ》だ。

陣内は同心三人と共に獅子《しし》奮迅《ふんじん》の働きをして、血のついた十手は「悪いね」と言いながら敵の着物で拭った。そうしておいてその敵をまた十手で殴打した。二、三人が束になって斬りつけてきたので、陣内はやむなく抜刀して刀の峰を返し、白刃を閃《ひらめ》かせて叩き伏せた。

左母次、池之介も十手をふり廻し、縦横に暴れまくる。

あらかたが捕縛され、残る数人と捕方らが争っているのを見て、陣内が二人に言った。

「もういいだろ、ここは任せようぜ」

左母次と池之介が無言でうなずき、陣内にしたがった。

十五

寝静まった伊勢屋の廊下から廊下を、お吉は音もなく駆けめぐり、あちこちの雨戸の桟《さん》を身を屈めては外して行き、一味の受け入れ態勢にこれ努めていた。

その様子は嬉々として、また目には残忍な色がみなぎっている。

「何をしている、お吉」

背後から清右衛門の厳しい声が飛んだ。

お吉がギクッとなって立ち止まり、そしてゆっくりとふり向いた。

清右衛門を先頭にして、世話役太兵衛、年寄役作次郎、小頭役亀吉、大番頭徳蔵、一番番頭卯之助、十番番頭金七ら全員が怕《こわ》い顔をし、ずらっと立ち並んでいた。

お吉は驚きも見せず、揺るぎのない図太い目で一団を見廻す。

「諦《あきら》めるんだな、お吉。一味はみんな捕まったぞ。家の周りはお役人方がびっしり取り囲んでいる。残念だがもうおまえの逃げ道はないよ」

清右衛門が言っても、お吉は黙《だ》んまりだ。

「どうだ、皆の衆、わたしの疑いは見当違いじゃなかった。やっぱりこの女はとんでもない女狐《めぎつね》だったんだ」

作次郎が居丈高《いたけだか》に言うと、太兵衛がそれを認めて、

「ああ、年寄役さんの眼力は大したものだ。恐れ入ったよ」

「それにしても怖ろしい女だ。一年九ヵ月もじっと我慢して、用意周到に準備の末に人の家に押し入ろうなんて、わたしは驚くよりも呆れてものが言えないね。この悪党めが」

亀吉が決めつけた。

お吉の表情にはなんの感情も表れぬまま、だが目だけは突き刺すようで、やがてその手がすっと胸許に伸びて匕首《あいくち》を抜き放った。

一団がざわめき、口ほどにもなく怖れおののいて後退《あとずさ》る。

脅しをかけておき、お吉はすばやく身をひるがえした。廊下をくねくねと曲がって走り抜け、雨戸のひとつを開けた。

そこに腕組みした左母次がこっちを睨んで立っていた。

お吉は小さく舌打ちし、また逃げる。

別の雨戸を開けると、今度は池之介の姿があった。

さらに逃げるお吉が、奥の小部屋へとび込み、隠し棚の横にある房紐《ふさひも》を引いた。壁に仕掛けがあり、それがズズッと移動して秘密の空間が覗いた。

金箱が山と積んである。

お吉はこの家のことは何もかも知悉《ちしつ》しているのだ。千両はともかく、百両でも二百両でも持ち去ろうとお吉が金箱へ手を伸ばし、一歩踏み出したその時だった。

床板がパッと大きく割れ、お吉は無様に落とし穴に落下した。

「あっ、あああっ」

断末魔《だんまつま》のようなお吉の声が響いた。

だが閉じ籠められた穴蔵のなかでは身動きもできない。

「畜生、畜生っ」

お吉が地団駄《じだんだ》踏んで暴れる。その動きがヒタッと止まった。上からの視線に気づいたのだ。

見上げるその目が、こっちを覗いている陣内の目とぶつかった。

お吉が唇を引き結んで押し黙った。

「間抜けだね、あんた。寸分の狂いもなくやってのけるつもりだったんだろうが、これじゃ駄目じゃんか。大鴉かなんか知らねえけどさ、只《ただ》のコソ泥と変わんないよね。この家は仕掛けだらけなんだよ。それって、知ってるはずなんだけどなあ。恥ずかしくって穴があったらへえりてえだろ、あっ、もうへえってるか、だったらざまぁねえや。へい、お後がよろしいようで」

陣内がケタケタと笑った。

お吉は血の滲《にじ》むような怒りの目だ。

「手下どもがゲロしたぞ、おめえが大鴉の首魁らしいじゃねえか。まったくさ、何があってこうなったのか知らねえけんど、そんなきれいな顔して残念だよね。それじゃ、裁きの庭でまた会おうな」

陣内が無情にもパタッと穴の蓋を閉じた。

ややあって、お吉の号泣が聞こえた。

それはこの世で一番悲しい女賊の泣き声だった。

第二話　紅花《べにばな》

一

町奉行所における定廻《じょうまわ》り、臨時《りんじ》廻《まわ》り、隠密廻《おんみつまわ》りの外廻り三役の同心たちは、直接の上司を持たない独立したお役で、個々の判断において法令を遵守《じゅんしゅ》し、浪人や町人の犯《はん》科《か》に目を光らせることが役儀だ。むろんその先で犯科が起これば咎《とが》め、追捕《ついぶ》する。

しかしそうはいっても、奉行所組織のなかで彼ら同心が孤立しているというわけではないから、報告を上げる上司として吟味《ぎんみ》方与力《かたよりき》を仰いでいる。

野火《のび》陣内《じんない》の場合は十人いる吟味方与力のなかで、母里主水《もりもんど》という男を一応は上司として崇《あが》め奉《たてまつ》ってはいる。

ところが母里という人物は、奇人変人の部類に入る奇妙な男なのである。

母里は例繰方《れいくりかた》与力を十年勤め上げ、二年前の春に異動になって、吟味方に選任された。

例繰方は罪囚の犯科の情状、断罪の議案を集めて他日の参考にし、また事に臨《のぞ》んで検討索例《けんとうさくれい》（例繰の意）を掌《つかさど》ると、『江戸町鑑《えどまちかがみ》』という旧事に記してある。

わかり難いが、地味な事務方のような役職であろうことは推測できる。それに比べて吟味方は、捕物の最前線に立つのだから花形の役職ということになる。

母里は四十過ぎで埴輪《はにわ》のような顔つきをしており、長身ではあるが甚《はなは》だ頼りなく、目つきはぬめっとして、花びらのようにぽってりとした唇はやけに赤く、とても男前と呼べるような代物ではない。

以前の温厚な上司が卒中《そっちゅう》（脳溢血《のういっけつ》）で急死し、母里はその後釜《あとがま》だから、陣内としてはないがしろにするわけにはゆかず、本音はともかくとして、私情を殺して仕えてはいる。

しかし母里の奇妙なところは、余人の目がある時はごくふつうの武家言葉で喋《しゃべ》り、いかにも謹厳《きんげん》な与力らしくふるまうのだが、陣内と二人だけになるとなぜかおかま口調になるのである。親しみをこめたつもりかも知れないが、陣内としてはどこかがムズ痒《がゆ》くなるような居心地の悪さを味わうことになる。

といって、母里は男色趣味というのでは決してなく、組屋敷にはれっきとした妻と娘がいて健全な生活を営んでいるのだ。

陣内に対するおかま口調はふざけているとしか思えないが、それを上意下達の陣内の立場から文句を言うことはできない。

「やったわね、野火殿」

対座するなり、母里主水が陣内に言った。

与力が同心に向かって「殿」はつけないのがふつうだ。

南町奉行所の与力詰所で、十二帖の広々とした座敷の向こうには風雅《ふうが》にして閑寂《かんじゃく》な庭が広がっており、まるで小粋な料理屋の離れにでもいるような錯覚を覚えさせた。

「あのね、お役所の方からもお手柄の茜《あかね》ちゃんに金一封が出るように頼んどいたわよ」

袖《そで》を鳶にヒラヒラさせて母里が言った。

「はっ、それは恐縮にございます」

母里に対しては、あくまで慇懃《いんぎん》に対応することにしている。

大鴉《おおがらす》一味が捕まった伊勢屋《いせや》事件の顚末《てんまつ》は、広く世間に知れ渡り、同心陣内の娘の手柄話として喧伝《けんでん》されていた。

母里は以前に茜とも会っているし、陣内の家庭の事情は承知の上だ。

「で、どうしてる？　茜ちゃん。まだお父上の所にいるの」

「いえ、今朝方、母親が引き取りに参りました」

「あらあ、別れた奥方と会ったのね」

「はっ」

「久しぶりじゃない、どうだった」

「どうとは？」

「小股の切れ上がった婀娜《あだ》な年増《としま》になっていたとか」

「ひからびておりました」

「ンまっ、嫌だ、残酷ね、野火殿って」

女を悪く言うと母里は嬉しがるから、やはり気分はおかまなのだ。

「母里様、今日はどのような？」

「あ、いけない、忘れちゃダメよね。重大事件なの」

（重大事件なら早く言えよ、馬鹿野郎）

そうは思ったがおくびにも出さず、陣内は膝《ひざ》を進めて、

「お聞かせ下され、母里様」

「立《た》て籠《こ》もりなのよ」

「はっ？」

「野火殿は椿山樓《ちんざんろう》っていう料理茶屋、知ってるわよね」

「増上寺《ぞうじょうじ》の近くでございまするな」

「そうなの。椿山楼は浜松町《はままつちょう》にあって、うちのお奉行も幕閣のお偉方なんぞとよく利用しているわ。座っただけで一人何両っていう高級料理屋よ」

「まさかそこで立て籠もりが?」

「そのまさかなの」

「なんと」

陣内が表情を引き締めた。

母里の説明によると、こうだ。

昨夕、一人の浪人者が椿山楼へ上がり、さんざっぱら飲食をした揚句《あげく》、支払いの段になると無一文であると言いだした。そこで店の者が役人を呼びに行こうとすると、浪人は椿山楼の一人娘お袖《そで》を人質に取り、強行に土蔵に立て籠もったのだ。

お袖は浜松町小町と言われるほどの評判の美形で、これが浪人と一夜を共にし、今日になってもまだそれがつづいているという。

「二日も経って……何ゆえもっと早く町方に知らせないのでしょうか」

「椿山楼ぐらいの店になるとね、外聞を恐れてそれはできないわよ。そんなことが知れ渡ったらあそこの娘は疵物《きずもの》だって言われるし、お奉行を始めお偉方だって今後は引いちゃうかも知れない。偉いさんなんてみんな事なかれなんだから。店側としては何事もないふりをして、手をこまねいているだけなのよ。なす術《すべ》なしってとこね。だから主《あるじ》はどこへも知らせるなと言ってるらしいけど、番頭がたまりかねてさ、今日になってあたしン所に駆け込んで来て、事の発覚に至ったわけなの。あたしは何度かお奉行に連れられて行ってるんで、店の者たちとは顔馴染《かおなじ》みなわけ」

「しかしこのままでは事態はさらに悪化しますぞ。浪人の方に何か魂胆《こんたん》でもあるのでは」

「金品の要求なんぞは一切ないと言ってるわね。食い詰め浪人がやけくそになってるんじゃないのかしら」

「それをそれがしに収めて来いと？」

「こんなこと、ほかに誰ができると思うの。ここはさ、世間に知れぬように野火殿にひっそりとカタをつけて貰いたいものだわ」

「わかりました、ではなんとかそれがしが」

陣内が承知して叩頭《こうとう》した。

（妙な事件ばかり押しつけやがって。のっけから重大事件の方を言えっちゅうの。おいらの娘の話なんかどうだっていいんだよ、このたわけ）

腹のなかで毒づいた。

二

料理茶屋の椿山楼では、依然として膠着《こうちゃく》状態がつづいていた。

主伊兵衛《いへえ》、女房お孝《たか》は共に一室に閉じ籠もり、飯も喉《のど》を通らずに塞《ふさ》ぎ込んでいる。

浪人は一人娘のお袖と一緒に土蔵に立て籠もったままで、店の者が扉口から朝飯を運び入れたが、ややあって手つかずの状態で突っ返されたという。

昨夜遅くに浪人から要求があり、酒の大徳利だけは差し入れてあった。

「おまえさん、なんだってこんな災難がうちに……」

泪《なみだ》も涸《か》れ果てたお孝が消え入りそうな声で言った。三十の後半で、お孝は元々の痩《そう》身《しん》が心労のせいでさらに痛々しく見える。

少し年上の伊兵衛も、ふだんは明るい気性なのだが、今日ばかりは暗い表情を貼りつかせたままで、

「そういつまでも蔵のなかにいられるはずはない。もう少しの辛抱《しんぼう》だよ。相手がうちから出て行ってくれさえすればいいんだ。このこと、漏れてないだろうね」

「ええ、店の者にはきつく口止めしてあります。お客様にも変に思われないよう、い

つも通りにやらせてますけど。そうは言っても、昼のお座敷はともかく、夜になると
お歴々がお見えになられて、おまえさんがご挨拶《あいさつ》に出ないわけには」
「その時はその時だ、なんとか取《と》り繕《つくろ》うよ。しかし日が暮れるまでには事を終わらせ
ないと……これは頭を垂れて嵐の過ぎるのを待つしかないのかえ」
「でも、おまえさん」
「もういい、おまえは何も言うな。三代つづいた椿山楼の看板に疵のつくようなこと
があっちゃならない。あたしはそれだけは守りたいんだ」
「え、ええ……でもお袖のことを考えると、あたしは頭がおかしくなりそうなんです
よ」
　そこへ足早に廊下を来る音がし、初老の番頭幸吉《こうきち》が急ぎ入室し、障子を閉め切って
頭を下げると、
「旦那様、お許し下さいまし。あたくし、我慢できずに南のお役所の母里主水様にご
注進してしまいました」
　沈痛な面持ちで言った。
　伊兵衛はたちまち困惑の表情になり、
「な、なんだって？　おまえ、あれほどわたしが人に言うなと」

「どうかご懸念には。母里様は事態を重く見られ、事を穏便に取り計らって下さるとお約束を」

「うむ……」

「おまえさん、あのもの堅い母里様が請負って下されたんなら何よりじゃありませんか」

「け、けど、ここへお役人衆に押しかけられては」

「その点は大丈夫だと思います。思いますけど、実はそのう……」

幸吉が落ち着かぬ様子になり、急に歯切れが悪くなったので、伊兵衛が訝《いぶか》って、

「なんだ、どうしたんだね」

「たった今、妙な女の人がうちへ入って来られまして」

「妙な女？」

「はい、それがどこで聞きつけたものか、立て籠もりのことで旦那様とお話がしたいと」

「な、何者なんだね、その人は」

「いえ、初めてお見受けする人なのでどこの誰とも。その御方《おかた》がこの件にお力添えできるかも知れないと、そう申されておるのです」

伊兵衛がお孝と不審顔を交わし合った。

小部屋で待たされている女はうつむき加減にしていて、そこへ伊兵衛が入って来て対座すると、

「おまえ様を存じあげませんが、どういう御方でございますかな」

うろんげに女を見ながら言った。

すると静かに顔を上げたその女こそ、あの初糸《はついと》なのであった。

今は紅売りの姿ではなく、初糸は御家人の娘風の地味な身装《みなり》にして、やや大ぶりな懐剣《かいけん》を帯の間に挟んでいる。紅売りとして左母次《さもじ》と逢っていた時とは明らかに異なり、一分の隙もない武家女に変じている。

「わたくし、初糸と申します」

初糸が静かな声で言う。

「初糸さん……はて、そう申されましても、わたくしどもにはとんとわかりかねますが」

「わたくしの氏素性など、お構い下さいますな」

そう言うと、初糸は伊兵衛を正視し、

「土蔵に立て籠もっているのは山路《やまじ》伝蔵《でんぞう》と申し、わたくしの知己なのでございます」

「ええっ、ではお知り合いなんですか」

「はい」

「ではその山路様は何が狙いでこのようなことを」

「それは知る由《よし》もございませぬが、これよりわたくしが諫《いさ》め、狼藉《ろうぜき》をやめさせようかと思います」

伊兵衛が意気込んで腰を浮かせ、

「おおっ、それは是非もない。すぐにでもそうして下さいまし」

「承知しました」

初糸が立ちかけると、伊兵衛は慌てたように、

「お待ち下さい。このことは外の人間は誰も知らないはずですが、どうしておまえ様のお耳に」

「わたくし、ゆえあって山路殿を追っておりましたので」

「なんと、追っていた？」

「騒ぎにならぬよう、取り静めるつもりでいます」

それだけ言い残し、初糸は席を立った。

三

お袖は着付けを乱され、しどけない姿で土蔵の柱に縛りつけられていた。鬢《びん》のほつれた様子はいかにも哀れで、突然わが身にふりかかった災厄に、このおぼこ娘はどう対処してよいかわからないでいる。

一昼夜の疲労をその美しい幼な顔に滲ませて、言葉さえ忘れたかのように沈黙の世界に沈み込んでいた。

その前にあぐらをかいて座り込んだ浪人山路伝蔵は三十前後か、膂力《りょりょく》のありそうながっしりとした体軀で、綿のはみ出た垢《あか》じみた着物姿は、どこにでもいる尾羽《おは》打《う》ち枯《か》らした浪人体だ。

それが朱鞘《しゅざや》の大刀を立てて抱き、茶碗酒《ちゃわんざけ》を呷《あお》りながら、わけのわからないことをほざいている。

「わしはな、本来ならもっと上へ行くはずの男であった。それがちょっとした歯車の狂いでそうはならなんだ。悪いのはわしではないのだ。重臣と呼ばれる藩の馬鹿者どもよ。重臣の座にあるならもそっと人を見定める目を持つべきであろうが。うぬっ、くだらん、実にくだらん」

山路の怒声に、お袖が怯える。

「しかしこのまま不遇で一生を終えるつもりはないぞ。いつかこの手で僥倖《ぎょうこう》をつかんでみせる。そもそもわしはそういう男なのだ」

ぐびりと酒を飲み、目を爛々《らんらん》と光らせてお袖を見た。

お袖は目を合わさぬようにして、頑《かたく》なにうつむいている。

「これ、お袖とやら、ようやくその時が訪れたようだぞ。一昼夜を共にして一度もおまえを抱かなかったのでは男が廃《すた》る。うむ、高まってきた。そこへ横になれ。わしがこれより極楽を見せてやる」

お袖は身を硬くして青褪《あおざ》めた。

山路がぬっと立ってお袖に近づいた。

その時、扉が軋《きし》んだ音を立てて開いた。

緊張の目でふり返る山路が、たちまち烈《はげ》しい困惑を浮かべた。

初糸がなかへ身を入れ、戸口から山路を見た。

「山路殿、この上のご無体《むたい》、およしなされませ」

山路は慌てて崩れた着物を直し、取り繕って、

「な、なぜここに初糸殿が……」

「ご貴殿を追って二年前より江戸に来ておりました」

「わしを追ってだと？」

山路は皮肉な笑みになり、

「用のあるのはわしではあるまい」

初糸はそれには答えず、

「ともかくこの場はわたくしと退散致しましょう。急がねば町方の役人たちに捕えられまする」

「町方を呼んだのか、こっちには人質がいるのだぞ」

「捕まれば重罪となるのですよ。それはご貴殿も本意ではございますまい」

「いかにもその通りだ」

「ではこちらへ」

初糸にうながされ、山路はためらいながらお袖の方を見るが、彼女は面を伏せたままだから、そこで山路は思い切るようにして、

「よし、わかった。案内を頼む」

山路が初糸につきしたがった。

初糸は山路を連れて土蔵の外へ出ると、辺りに鋭い目を走らせ、そして裏手へ廻っ

た。

店の人間はどこにもおらず、初糸はそのまま山路と共に勝手戸を開けて外へ出た。人影のないのを見澄まし、やがて二人は路地へ消え去った。

遠くから固唾《かたず》を呑んで様子を見守っていた伊兵衛、お孝、幸吉が一斉に姿を現し、土蔵へ殺到した。

「お袖、お袖や」

伊兵衛が柱に縛られたお袖を発見し、皆で駆け寄って縛《いまし》めを解いた。

「お袖、怪我《けが》はしてないのか、気分はどうだね」

心配する伊兵衛に、お袖は安堵《あんど》の笑みを浮かべ、

「大丈夫よ、あの人はお酒を飲むばかりで、お父っつぁんの心配するようなことはしなかったわ」

「ええっ、何もなかったと言うのか。それは本当なのか」

「ええ」

「よかった、よかったねえ、お袖」

お孝が感極まり、お袖を抱きしめた。

そこへ戸口に三人の人影が立った。陣内、左母次、池之介《いけのすけ》だ。

「ご亭主、浪人はどうした、逃げたのか」

左母次が言うと、伊兵衛はうなずいて、

「お役人様方が来る少し前に、ご浪人のお知り合いだと申される女の方が現れ、どうやら説得して連れ出してくれたのでございます」

「浪人の仲間なんですか」

池之介の問いに、伊兵衛は「さあ」としか言いようがない。

「それはどんな女なんですね」

さらに池之介が聞いた。

伊兵衛はそれに答えて、

「どこぞのお武家様にございます。名を初糸様と申しておりました」

「初糸……」

左母次が衝撃の声を漏らした。その形相が変わっている。

それまで黙っていた陣内が、そっと左母次に寄って囁《ささや》くように、

「知ってる女なんだな」

「……へい」

四

初糸は山路伝蔵を伴い、浜松町を北へ向かい、露月町《ろげつちょう》へ入った。

そうして路地から路地を抜けて行き、二人して人目を憚《はばか》りながら一軒の廃屋へ忍び込んだ。

家は廃業した小店の造りで、店土間から土足で板の間へ上がり、さらに奥にある畳の赤茶けた六帖間に落ち着いた。

家財道具は運び出された後で、部屋には何もなく、蜘蛛《くも》の巣だらけだ。黴臭《かびくさ》さが漂っている。

「ここなら人目を気遣う必要もございますまい」

初糸が言うと、山路は気色悪げに室内を見廻していたが、

「ここはどういう家だ、わしとの密会のために探しておいたのか」

「そんなところでございます」

「ではそこ元、何ゆえわしを助けた。そんな義理はないはずだが」

「お聞きしたいことがあるのです。ご貴殿ならよくご存知のはずのことです」

山路は含みのある目で初糸を見ると、

「それがため、二年もかけてわしを追っていたというのか」

「有体《ありてい》に申さば」

「そこ元が知りたいことはわかっている。したがの、初糸殿、彼奴《きやつ》を探し出してどうするつもりなのだ」

「……」

「斬るのか」

「それはご貴殿には関わりなきことかと」

「そうはゆかぬ。そこ元の申し入れはわしにかつての同輩を売れということではないか」

「教えて下さいませ。彼奴のためにご貴殿は脱藩を余儀なくされたのではありませぬか」

山路は探るような目をくれ、

「幾ら出す」

「お察し下され。手許不如意《てもとふにょい》なのです」

「知ったことではないな。こっちも長の浪々暮らしゆえふところは寂しい。金十両を調達して参れ」

「なんと……」

「それだけではないぞ」

「ほかには」

「そこ元の操《みさお》を所望したい。藩中一と謳《うた》われたそこ元だ。あこがれの気持ちもある。一度は初糸殿を抱いてみたいと思うていた」

「それは応じかねまするな」

「ではこの話はなしにしよう。彼奴は憎いが、わしとてむやみに人を売るわけにはゆかぬ」

山路が朱鞘の大刀を腰に落とし、すっくと立ち上がった。

すかさず初糸が懐剣を抜き放ち、山路の右足の甲に白刃を突き立てた。

「ぎゃあっ」

山路がよろけ、どすんと尻餅《しりもち》をついて座り込んだ。血がどくどくと溢《あふ》れ出る。

初糸は山路の足から懐剣を抜き、その刃先を今度は喉元に突きつけ、

「友成半九郎《ともなりはんくろう》はどこにいますか」

形相を一変させて迫った。

「知らん、わしは何も知らん。そこ元如《ごと》きに脅されて白状はせぬ」

初糸の懐剣が非情に山路の左肩を刺した。

「うぐっ」

激痛にもがき、山路が初糸を押しのけた。

「切り刻まれたいのですか」

「よせ、やめろ」

「では友成の居場所を」

山路が血まみれの躰を引きずり、這《は》って逃げようとする。

初糸がその背に馬乗りになり、懐剣をふり被《かぶ》って背に突き刺した。

絶叫を上げ、わけのわからぬ怒号を浴びせて、それでも山路は逃げようと必死だ。

「やむを得ませぬ、お覚悟めされい」

突き詰めた初糸の声に、山路は恐怖して、

「わ、わかった、言う、言うからよせ」

初糸が攻撃をやめ、腹這いの山路の前に廻り込むと、

「さあ、申されい」

白刃を向けながら言った。

「半九郎は仕官が叶《かな》い、ある藩に召し抱えられた」

「いずこのご家中ですか」

「長姫藩保科家《おさひめはんほしなけ》の親戚筋に当たる分家だ」

「日滝藩《ひたきはん》ですね」

「そうだ。半九郎は長姫藩でのことが評価され、日滝藩に召し抱えの身と相なった。実に幸運な奴よ。わしもあやかりたく、半九郎に仕官を頼んだが縁切りをされた。冷たい男なのだ」

「……」

「国表ですか、友成は」

「いや、江戸詰になっている。下目付《しもめつけ》のお役を与えられ、府内を闊歩《かっぽ》しておろうぞ」

初糸はじっと暗い情念に浸っていたが、やがて突き刺すような目を山路にくれ、

「山路殿、ご貴殿も一蓮托生《いちれんたくしょう》でございまするな」

「あっ、それは」

山路は狼狽《ろうばい》して身を引き、手を烈しく横にふって、

「いや、わしは違う。あの件とは無関係なのだ。誤解であるぞ。冷静になってくれ。そこ元に問われるまま、秘密はこうして明かしたではないか」

「わたくしは何もかも知っているのです。ご貴殿はその手で……」

初糸が血を吐くような目で言った。

山路は身の危険を感じ、前言をひるがえして必死に抗弁する。

「き、聞いてくれ、よく聞くのだ。あれはわし一人の思案ではない。すべては半九郎の指図だ、悪いのは半九郎なのだ」

「おのれ、この期《ご》に及んで」

初糸は怒りと共に、凄艶《せいえん》ともいえる笑みを見せて、

「それを一蓮托生と申さずして、なんと致しましょうぞ」

山路に躍りかかり、一気にその胸をひと突きにした。

五

山路の死骸が発見されたのはさして時を置かず、二刻（四時間）ほどで陣内、左母次、池之介が廃屋に駆けつけて来た。

彼らはまだ椿山楼の周辺にいたから、浜松町より露月町へはすぐなのだ。

発見が早かったのは、廃屋の持ち主がこれから家の建て替えをするために立ち寄って死骸と遭遇し、そして大騒ぎとなったからだ。

六帖間で陣内たちは検屍《けんし》を始めた。

それに際し、室内があまりにも暗いので、陣内の命で池之介が窓を開けて外光を入れた。明るくなると辺り一面の血飛沫《ちしぶき》が鮮明に映し出され、改めて惨劇の凄まじさを物語ることになった。まさに酸鼻《さんび》を極める状況だった。

家の表には縄が張られ、町役人《ちょうやくにん》が出張《でば》って野次馬を規制している。そのざわつきが聞こえてくる。

陣内が山路の死骸を念入りに調べて、

「足の甲だろ、肩だろ、背中にもひと突きした揚句、留めに心の臓だぜ……たまげたね、こりゃ、よほどの深え怨《うら》みなんじゃやねえか」

嘆息でつぶやく。

池之介は左母次の顔をチラッと見て、気遣いながら、

「浪人の名は山路伝蔵、椿山楼立て籠もりの下手人《げしゅにん》に間違いないですよね」

「ああ、追っつけ椿山楼の亭主が来るから首実検《くびじっけん》して貰おうぜ。問題はさ、この浪人を仕留めた下手人だわな」

言いながら、ギロリと左母次を見た。

左母次は陣内の方を見ずに、つらいような視線を落として、

「初糸と名乗ったんですから、たぶんあっしの知ってる女に間違いござんすめえ」

「おめえ、その女のこと、どれくれえ知ってるんだ」

「初糸は川瀬石町の薬師長屋という所に独り住まいをしておりやして、生業《なりわい》は紅売りをやっておりやした。まっ、今思えばその姿もまやかしだったんですけど。知り合ったのは、変な男につきまとわれて困ってるからなんとかしてくれないかと言われ、それをあっしが追っ払ってやったことがきっかけでした。初糸は大層喜んでくれて、あっしにご馳走してくれたんで。それからなんとはなしに逢うようになって」

「そりゃまあ、喜ばしい話だな。女が下手人でなけりゃあよ」

「へえ、けど……」

「けど、どうしたい」

左母次は一点を凝視して、

「最後に逢った時、初糸は大事を抱える身なんだと打ち明けて、暫《しばら》く江戸を離れる、いなくなると言いやした。そのわけをどんなに聞いても、詳しいことは教えてくれなかったんでさ」

「それじゃあれだな、なんかがあって一旦は江戸を離れたんだな。それからまた戻って来て山路伝蔵を見つけ出して仕留めたと、そういうことかい」

「へえ、まあ」

「左母ちゃん、この殺し方、小商い風情の腕じゃねえぜ。やっとうをやってるよ、つまり武家ってことだね」

「それはあっしも勘づいておりやした。初糸に身分は武家だろうと言うと、はっきりとは認めやせんでしたがね。実家は佐久間町で身内は誰もいねえとのことでしたが、その辺に何か隠された事情があるような。たぶんあっしに語った家のことなんざ、生業とおんなじでまやかしだったんじゃねえかと」

「だろうね、大事を抱えてるんだから嘘《うそ》も方便よ」

陣内は池之介に目を向け、

「池ちゃんさ、そういう謎《なぞ》めいた女が大事を抱えてるってどんなことだと思う」

「そりゃひとつしかないですよ」

「はっきり言いなさい」

「仇討《あだうち》でしょう」

「図星《ずぼし》。冴《さ》えてるね、池ちゃん」

「あっしのこと馬鹿にしてませんか、旦那」

陣内はペタッと額を叩いて、

「そうなるとさ、下手人は初糸しかいないわけだから、あたしどもとしちゃひたすら追いかけるしかないよね。するってえと、ここに困ったことが。どうだろう、左母ちゃんはこの件から外れた方がいいんじゃねえのかな」

「何言うんです、旦那。あっしもとことん初糸を追いますぜ」

左母次が目を尖らせて反撥《はんぱつ》した。

「ほら、そうやって熱くなると捕物は難しいものになるよ。私情を挟むと目先の勘が狂っちまうからね。捕まる奴も捕まんなくなっちまう」

「旦那はあっしが初糸を逃がすとでも」

「そうは言ってねえけどさ」

池之介が割って入り、

「旦那、あっしからもお願いします。左母次さんを外さないで下さい。一緒にやらせて下さいよ」

池之介と左母次が食い入るように陣内に見入った。

陣内は曖昧《あいまい》な笑みを浮かべ、

「参ったね、おめえたちを敵に廻すとおっかねえもんな。仕方ない、それじゃ左母ちゃんよろしくお願いするぜ」

「承知しやした」

うなずく左母次の肩を、陣内が強い力でつかんだ。

六

ややあって伊兵衛が浜松町から駆けつけ、山路の死骸を見て立て籠もりの下手人だと確認した。

死骸の処理は町役人がやってくれ、大八車に乗せていずこへか、近くの寺へ運ばれて行った。

陣内はこれより死骸の検案書《けんあんしょ》を記し、それを提出がてら、奉行所へ戻って母里主水に椿山樓の顚末を報告するのだ。

それで左母次と池之介は陣内と別れ、露月町から少し歩いて芝口《しばぐち》一丁目の鰻屋《うなぎや》の暖《の》簾《れん》を潜った。店内は混んでいて、小女にお二階へどうぞと言われる。

階段を上がり、衝立《ついたて》で仕切られた二階で二人は向き合って座った。

やって来た小女に鰻丼《うなぎどんぶり》を注文しておき、左母次は煙草盆《たばこぼん》を引き寄せると、腰に差した煙草入れを引き抜き、煙管《きせる》に葉を詰めて火をつけた。

池之介はその様子を眺めながら、

「左母次さん、前は煙草やらなかったですよね」

「最近覚えたのさ」

紫煙を燻《くゆ》らせながら、左母次が言う。

「それはまた、どうして」

「なんとなくな、煙草を吸うと心が落ち着くんだ」

「波立ってるんですか、心ンなか」

左母次が苦笑し、

「ああ、波立ってるよ、ざわざわとな」

「それって、初糸さんと知り合ってから始まったとか」

「かも知れねえ」

「悩まされますよね、謎めいた女って」

「おめえ、そういう女とつき合ったことはあるのか」

「ありませんよ。あっしがつき合うのは罪のない女ばかりですから」

「わからねえぞ、実は罪を背負っているのかも知れねえ」

「その点はご心配なく。みんなあっけらかんとして、翳《かげ》りも何もありませんね」

左母次は煙を深く吸い込み、苦々しく吐き出して、

「女運が悪いのかなあ、おれぁ」

「いいか悪いかは左母次さんが決めることですよ。こいつぁひとえにめぐり合わせじゃないんですか」

「知ったようなこと言うじゃねえか」

「へへへ、まあまあ。ところで初糸さんのことですけど」

「よそうぜ、その話は」

「そうもいきません。だって人殺しの下手人なんですよ。それをこれから二人で追いかけなくちゃいけないんです」

「手掛かりは何もねえんだ」

「薬師長屋の方はどうです」

「長屋かあ……」

左母次が含んだ表情になった。

「何か」

「それが妙なんだ。初糸は引き払ってねえんだよ。家財はそのまんまで、大家にゃまとまった銭を渡して店賃代りにしてくれと」

「だったら帰って来る気なんでしょうか。いや、その時はそのつもりでいても、人殺しになっちまった今はそれもできないのでは」

「けどかならずけえって来ると、確かにおれに言ったんだぜ。くそっ、信じてやりてえのによう」

左母次が表情を歪《ゆが》めた。

「向こうもやっぱり左母次さんのことが心残りじゃないんですかね」

「重荷だぜ、今となっちゃ」

「ばったり出くわしたらどうしますか」

「お縄にするさ、当たりめえじゃねえか」

「そのつらい役はあっしがやった方がよさそうですね」

左母次は池之介に強い目を据え、

「おい、池よ」

「はい」

「それは誰にもさせねえ、おれがこの手で」

「わ、わかりましたよ」

小女が鰻丼を運んで来て、左母次は切り替えて「さあ、食おうぜ」と言い、湯気の立った鰻に食らいついた。

元禄《げんろく》年間に上方で生まれた鰻の蒲焼《かばやき》は人気を博して全国的に広がり、江戸っ子のもっとも好む料理となった。宝暦《ほうれき》の頃になると江戸料理としてすっかり定着し、蒲焼は江戸城の前面のことを言う「江戸前」の呼称を冠されて、「江戸前料理」の起源ともなった。江戸前の鰻というのは浅草川や深川辺りで獲《と》れたものを指し、ほかのものは「旅鰻」と蔑称《べっしょう》されたらしい。「旅」がつくのだから、つまりは田舎鰻《いなかうなぎ》という意味か。

「どうした、食わねえのか」

思案に耽《ふけ》っていた池之介が左母次にそう言われ、「は、はい」と慌てて箸《はし》を取った。そうしてもさもさと食べながら、池之介はそっと左母次のことを見守った。

（苦しんでるんだな、左母次さん。やっぱり初糸って人に惚《ほ》れてるに違えねえ。ああっ、なんでよりによって……なんとかしてやりてえなあ）

左母次の心中を慮《おもんぱか》り、懊悩《おうのう》する池之介なのである。

七

信濃国《しなののくに》日滝藩は一万七千石の外様《とざま》小藩で、向柳原《むこうやなぎわら》に上屋敷、小石川上富坂町《こいしかわかみとみさかちょう》に下屋敷がある。

下屋敷は小藩ゆえに規模が小さく、大身旗本並の三千坪（約九千九百平方メートル）の敷地である。周辺には十万坪（約三十三万平方メートル）余を誇る水戸中納言家《みとちゅうなごんけ》、それに無量山寿経寺伝通院《むりょうざんじゅきょうじでんづういん》の大伽藍《だいがらん》があり、切絵図で見ると日滝藩下屋敷は豆粒のようにしか見えない。

さらに上富坂町から隣りの下富坂町へ入ると源覚寺門前町《げんかくじもんぜんまち》となり、外れに嫁入橋《よめいりばし》という土橋が架かっていて、その袂《たもと》に瀟洒《しょうしゃ》な武家の小屋敷がある。

小屋敷の主は友成半九郎といい、日滝藩下目付なるお役を賜《たまわ》っている。一応はそういうもっともらしい肩書がついてはいるが、友成は内実、ほとんど無役の状態だ。

友成は滅多に藩邸へ出仕せず、気ままに暮らしているようで、実態は浪人となんら変わらないのである。では一介の浪人が何ゆえ藩から瀟洒な屋敷まで与えられ、優雅に生活してゆけるのかと言えば、それには特殊な事情があって、友成は日滝藩からの手厚い庇護《ひご》を受ける身なのだ。

特殊な事情というのは、こうだ。

おなじ信濃国で、日滝藩の親戚筋に当たる長姫藩というのがある。長姫藩も外様で、こちらは二万石だ。

元は一つの藩だったが、寛永《かんえい》の頃にお家の揉め事があって分知され、それから二百年近くを経て、文化《ぶんか》の今は両家とも七代目になっている。二百年近くの間には、日滝藩の方で血筋が絶えそうになったこともあり、他家から養子を担いできたりして、藩の存続を図って様々な労苦や葛藤《かっとう》があったようである。

ゆえに世間からは兄弟藩のように思われていても、長姫藩保科肥後守頼以《ひごのかみよりもち》と日滝藩保科周防守忠政《すおうのかみただまさ》の両藩主に今や血のつながりはなく、他人同士なのだ。

それでも絶縁をしたわけではないから、長い間の慣例と形式から、慶弔事《けいちょうじ》にはたがいに顔を合わせることになってはいた。

頼以は四十五で、忠政は四十になるが、格別仲がいいわけでも悪いわけでもなかった。とまれ、これまではそうだったが、二年前にある出来事があって、それ以来両家は疎遠になってしまったのだ。

というのは、頼以には一虎《かずとら》という今年五十になる兄がいて、これが先代の藩主であったのだが、止むない事情で隠居の身となり、子供もいないことから、急遽《きゅうきょ》、弟の頼以が家督を継ぐことになった。

その止むない事情とは、一虎は二年ほど前に卒中で倒れて躰の自由が利かなくなり、とても藩政の激務に耐えられなくなってしまったのだ。藩主交代もやむなしの事態として世間も納得した。しかし隠居といえば聞こえはよいが、一虎は国表の陣屋内の地下牢に幽閉《ゆうへい》同然の身にされたらしい。

それを伝え聞いた忠政は一虎に同情し、憐れみ、一虎を引き取ると言いだした。若い頃に忠政は一虎と交流があり、薫陶《くんとう》よろしきを得たこともあったのだ。

その頃の一虎の病状はほぼ寝たきりで、舌がもつれて呂律《ろれつ》が廻らず、時にわけもなく激昂《げっこう》することもあって手がつけられなかったという。

忠政はそれを聞いて胸を痛めた。直に一虎に会ってみたが、果たして悲劇的な状態で、その姿を見て愕然《がくぜん》となった。

記憶さえ薄れてしまったのか、忠政のこともよく憶えていないような一虎だったが、彼の顔を見てなぜかなつかしい笑みを浮かべ、それからはらはらと流涕《りゅうてい》したのである。

それを見て、忠政は一虎を引き取る決意をした。

弟の頼以の方に異存はないらしく、体面も何もかなぐり捨て、むしろ厄介払《やっかいばら》いができて胸を撫《な》で下ろしたような様子が窺《うかが》えた。その証左に、頼以は一虎の扶養金《ふようきん》として年百両を日滝藩に申し出ている。

しかしいかに廃人同様の身になってしまったとはいえ、実の兄を退けんとする頼以を、忠政は冷酷と思った。

そしてその一虎に仕えていた近習侍《きんじゅうざむらい》が友成半九郎で、忠政は頼以の許しを得て彼を致仕《ちし》させ、日滝藩臣下にした。

さりとて家中の者たちの反撥は目に見えていたから、そのまま藩邸勤めをさせるわけにもゆかず、下富坂町に屋敷を設け、一虎共々面倒を見ることになったのだ。
下目付という身分はあくまで便宜的なもので、実際に友成が藩のために働いている
わけではなく、実質的には浪人と変わりはないのだが、友成は百石の扶持《ふち》を得ている。
端《はた》から見れば飼い殺しのようにも映るが、友成は抗《あらが》うことなく、唯々諾々《いいだくだく》としてそれ
にしたがったという。
そういう事情ができてから、両家の距離は広がって、慶弔事さえ、共にもっともら
しい口実を設けて義理を欠くようになった。
ゆえに疎遠なのである。

八

江戸へ来てから保科一虎の病状はかなり恢復《かいふく》の兆《きざ》しを見せ、ふだんは穏やかで常人
となんら変わりはなかった。
片足がやや不自由なようだが、それとて杖を突いて気丈に歩いている。だがちょっ
としたことで火がつくと手がつけられなくなり、逆上して見境をなくす傾向があった。
恢復してきたその分だけ、現状への焦りや苛立ちがそうさせるのかも知れない。
暴れたら取り押さえて諫めればよいが、友成半九郎の目の届かない所で、一虎によ

る火の不始末でもあったらこの世の終わりとなってしまう。

ゆえに、友成はやむなく屋敷の奥の間に座敷牢を設《しつら》え、そこに一虎を押し籠めることにした。

座敷牢に入るに際して抵抗はなかったらしく、そこが自分の居室と定め、一虎は初めから素直にしたがった。

といって、一日中それでは不憫《ふびん》なので、友成が常に同行して付近の散策ぐらいはさせている。

また日々の散策だけでなく、花見や両国の花火、雪見など、時節折々には連れ出して風流に触れさせてもいる。花火などを見ると一虎は好々爺然《こうこうやぜん》として喜ぶのだ。それに料理屋に立ち寄ってご馳走もしていた。

たとえ今は不自由の身でも、元は殿様暮らしをしていたのだから、そういうものが具わっていて、一虎は贅沢《ぜいたく》にできている。齢《よわい》五十なれど老いは感じられず、日常は矍鑠《かくしゃく》として元気なのである。

だがどんなに散財をし、迷惑をかけられても、今の暮らしが成り立っているのは一虎のお蔭なのだから、友成としては文句のないところなのだ。

江戸に来たての頃は見知らぬ土地で不安に駆られたのか、よくもの狂いのような発作を起こして暴れたものだった。だが今は土地にも馴れたらしく、一虎は聞き分けのよい老人に収まっている。

友成自身も世捨人のような生活で、波風の立つこともなく、安寧《あんねい》を得て静かな毎日を送っていた。


年が明けて巷《ちまた》は正月気分だが、友成の屋敷にそんな賑わいはなく、無人屋敷のように静まり返っている。

その日も明るい日差しを浴び、友成が自室で静かに書見をしていると、お石《いし》がやって来て廊下に畏《かしこ》まった。

友成は三十を出たところで、髷《まげ》を総髪にして渋めの小袖を着ている。それらの拵《こしら》えは端正で冷やかともいえる顔立ちによく似合っていた。

お石は世話係の婆やで、一虎の身の周りだけでなく、屋敷全体の賄《まかな》いから雑用一切を仕切っていた。他に雇い人はいなかった。

「旦那様、それでは少しの間お暇を」

お石は年で腰痛がひどくなり、豆州《ずしゅう》の湯治場《とうじば》へ療養に行くことになっていた。

「ああ、行っておいで」

「それであたしの代りをやってくれる親類の子に来て貰いましたんで、ひとつお目通りをなすって下さいまし」

親類の子というのは、お石の妹の孫娘なのだ。

「うむ、よかろう」

友成が言うと、お石が「これ、お絹《きぬ》や」と声を掛けた。

やがて若い娘がしずしずと現れ、友成に叩頭した。町人ではあるが躾《しつけ》がよいらしく、挨拶が行き届いている。それだけで屋敷のなかが華やいだように感じられた。

「絹と申します。不束者《ふつつかもの》でございますが、どうかよろしくお願い致します」

「お絹か、こちらこそよしなに頼む」

お絹が顔を上げ、友成と目が合って爽《さわ》やかに笑った。

その時、友成は一抹《いちまつ》の危惧《きぐ》を抱いた。

(美し過ぎる)

そう思ったのだ。

十七歳のお絹は可憐な顔立ちをしており、ほっそりしなやかな躰つきで、首が長く、色白の垢抜けた娘であった。

と――。

奥で鈴が鳴ったので、友成は女二人を退《さが》らせて居室を出た。一虎は誰か人を呼ぶ時、座敷牢から小鈴を鳴らすことになっていた。

廊下を経て、座敷牢へ来る。

牢内にこっちへ向かって端座した一虎の姿があった。

いかにもの病人体にし、だらしなくしているのが嫌なので、友成はいつもお石に牢へ入らせて一虎のみだしなみをよくしていた。さらに三日に一度、髪結《かみゆい》に来させ、月代《さか やき》や髭《ひげ》を毎日当たらせているのだ。

だからその日も、一虎はつるんとしたきれいな顔をしていた。

「お呼びで」

牢の外に正座し、友成が言った。

一虎が笑顔を向けた。

「誰か来ていたのか」

「はっ、新参の女中が」

「新参の女中とな」

「はい」

「なぜだ、お石でよいではないか。お石のどこに不行き届きがあった」

「そうではございませぬ。お石は腰痛療養のため、半月ほど暇を取ることに。そのことは何度も申し上げましたが」

「そうであったかな」

「それで代りを務める者が参ったのです。お石の親類筋の娘にございます」

「お石でよいではないか」

一虎がまたおなじことを言った。口の端から少し泡が出ている。

「何か入り用なものはございますか」

「今は何も欲しゅうない。退ってよいぞ」

「はっ」

友成が一礼して退ると、一虎は背を向けて小机に向かい、無心に写経を始めた。彼は後世に遺したいほどの能筆家なのだ。

立ち去ったはずの友成が、物陰から一虎の背を見つめていた。

(何事も起こらねばよいが……)

思いはひたすら、そこなのだ。

九

初糸が紅売りとして扱っていたものは、口紅、頬紅、白粉《おしろい》、髪油などで、それらの化粧品を卸《おろ》す大店の紅問屋の十数軒を、左母次と池之介は手分けして当たった。

紅問屋というのは、染料や化粧用の紅を専門に扱う問屋のことをいう。紅は紅花から作られ、東北地方が上質の産地として名高いのである。

紅花は干し花（紅餅《べにもち》）と呼ばれる染料用原料に加工され、主に近江商人の手によって京都、大坂などの紅花問屋に送られ、そこで化粧品として作られ、江戸の化粧用紅製造業者に卸される。

化粧用紅は猪口《ちょこ》や蛤《はまぐり》の貝殻などに塗ってあり、猪口紅、うつし紅、皿紅などと呼ばれている。この当時、紅は「紅一匁《もんめ》、金一匁」と言われるほど高級品であった。しかしそうであればあるほどそういうものが欲しくなるのが女心だから、暮らしを切り詰めてでも化粧品を購《あがな》う。ゆえに富裕層ばかりに限らず、下々の女でさえ紅ものを手に入れるのに躍起になった。

十数軒の紅問屋のどこで聞き込んでも、しかし初糸という紅売りは知らないと言われ、左母次と池之介の探索は壁にぶち当たった。

日がな一日歩き廻り、くたくたになって陣内の組屋敷へ戻って来ると、邸内から味《み》噌《そ》風のいい匂いがして、二人は思わず奥へ駆け込んだ。

すると陣内が襷掛《たすきが》けをして、焜炉《こんろ》にかけた土鍋で、湯気の立った真鯛《まだい》のあつめ汁を煮込んでいた。

「いい勘してるだろ、おいら。日が暮れたからもうけえって来ると思ってよ、今煮込み始めたとこなんだ」

左母次が「有難え、空っ腹なんですよ」と言って飯を食う態勢に入ると、池之介は珍しそうに鍋のなかを覗いて、

「変わった鍋ですね、見たことねえですよ」

「こいつぁな、お向かいの鈴木殿の奥方から教わったんだよ。本当は薩摩《さつま》の鯛がいいって言われたけど、お大名じゃあるめえしそんなの探してたらてえへんじゃねえか。大体よ、鯛の奴があたしは薩摩で獲《と》れましたなんて顔に書くもんかよ」

「ですよね」

「さあ、食った食った」

三人で賑やかに酒料理を囲んだ。

鍋の中身は鯛、牛蒡《ごぼう》、椎茸《しいたけ》、油揚げで、味噌味だ。

「こうやって男三人の侘《わび》しい飯、いつまでつづくのかねえ」

陣内がしょぼく言うから、池之介は打ち消して、

「侘しくなんかないですよ」

笑い飛ばしておき、

「だって鯛なんですよ、滅多に食えねえじゃねえですか。どっから手に入れたんですか。目ン玉飛び出るくらい高かったでしょう」

「かっぱらってきたの」

「ちょっと、旦那ぁ、悪い冗談およしさんですよ」

陣内は「あはは」と笑うと、急に真顔になって、

「それよりどうだ、初糸の尻尾《しっぽ》はつかめたのか」

それにも池之介が答えて、

「紅問屋をあらかた当たったんですけどね、初糸はどこにも顔を見せてないんですよ。まともな所から卸してなかったんですかねえ」

「大店は避けたのかも知れねえ。けど化粧道具なんざてめえでこさえられるわきゃねえんだから、どっかに仕入れ先はあるはずなんだよ」

するとそれまで黙っていた左母次が口を切り、

「明日は問屋の下の紅屋、紅粉《べにこ》絞屋《しぼりや》、それに白粉問屋なんぞに当たりをつけてみようかと思っておりやす」

「ああ、そうしてくんな」

「旦那は待ち惚《ぼう》けですね」

池之介の言葉に、陣内は笑って、

「あたしゃ別にやることとねえもの。姫と遊んで待ってますよ。おめえらは猿廻《さるまわ》しの猿で、あたしゃそれを操ってる親方ってとこだね」

「そりゃひでえや」

陣内と池之介が笑った。

「旦那、今日はここに泊めて貰いやすぜ」

左母次が膝を揃えて言うのへ、陣内はぐっと顔を寄せて、

「おめえ、長屋にけえるのが怕《こえ》えんだろ」

「何言うんですか、旦那」

「暗え部屋ンなかで初糸が待ってたらどうしよう」

左母次は不敵な笑みになり、

「図星ですよ、旦那。今は初糸に逢いたくねえ。たとえ逢ってもなんと言ったらいい

か、言葉が見つからねえんでさ」

「逢わねえでいる方が思いは募るもんよ。大して好きでもねえ女でも、不思議とな、恋しくなるってこともあるんだぜ」

「何をおっしゃりてえんで？」

「頭冷やしてさ、冷静になってくれって言いてえの、おいらとしちゃあ」

「へ、へえ」

「池ちゃん、おめえも泊まってけ。なんだか左母ちゃんと二人だけだと気詰まりな感じがするだろ。あたしゃ苦手なの、そういうの」

「いいですよ、そうさせて貰います」

「じゃあれだね、今日は三人で枕投げしようね。あれ、姫ちゃんはどこ行っちゃったんだろ」

陣内が姫を探して出て行った。

「左母次さん、おれだったら帰りますけど。長屋で女を待ちますけど」

池之介が真剣に言った。

「おめえはそうでも、おれぁそうはいかねえんだ。わかってくれ」

「……はい」

それきり、池之介は口を噤《つぐ》んだ。

十

翌日の白粉問屋で遂《つい》に当たりがでた。

南伝馬町稲荷新道《いなりしんみち》の小町屋《こまちや》という問屋で、そこは主に化粧用の白粉を売るが、口紅、頬紅、髪油なども商っていた。

店土間に立つ左母次の腰の十手《じって》をチラチラと見ながら、中年の番頭が説明をする。

「初糸さんならよく知っております。一年ほど前からうちに出入りなすっていて、ハナっから誰の引きでもなく、お一人でひょっこり来たんです。それで紅や白粉を仕入れて行きました。売掛けはなく、いつも現金です。感じのいいもの静かな人でして、住まいは川瀬石町の薬師長屋だと——」

「いや、そいつぁいい、わかってるんだ」

左母次は上がり框《かまち》に掛けて、

「ほかに初糸が立ち寄りそうな所を知らねえかな」

「さあ、あの人がどの辺を売り歩いてるかまでは。たぶん日本橋か深川辺りじゃないんでしょうか」

するとと横で話を聞いていた手代が割って入り、

「あたくしは聞いたことがあります。初糸さんは主に本郷や小石川界隈だと言ってましたよ」

「そりゃ本当かい」

左母次が目を光らせた。

「へい」

さらに番頭が言うには、初糸が仕入れに来ていたのは師走《しわす》の初め頃までで、近頃ではとんとご無沙汰《ぶさた》だと言う。

左母次は一路本郷、小石川方面へ向かった。

紅売りは担ぎ荷に細長く小さな紅色の旗を差し、それを目印にして売り歩く。

むろん紅売りはすべて女で、左母次は本郷菊坂町《きくざかまち》でその紅売りの後ろ姿を見つけた。

思わず口に出し、走ってその紅売りの前に廻り込んだ。

「初糸さん……」

「おめえさん」

言いかけ、左母次は落胆《らくたん》した。

紅売りは初糸とは別人だったのだ。女はキョトンとした顔で左母次を見ている。

「すまねえ、とんだ人違えをしちまった」

そう言って行きかけ、左母次は視野の向こうに何かを捉えた。だが何事もない顔に戻って身をひるがえした。

その左母次を、近くの茶店の葭簾《よしず》の陰で茶を飲んでいた初糸が見ていた。紅売りではなく、今日も武家女の姿だ。

「左母次さん……」

つぶやく初糸の心は千々《ちぢ》に乱れた。

（あの人、わたしを追っている）

烈しい罪の意識に苛《さいな》まれた。

本心では左母次の前にとび出して行き、頭を垂れて両手を突き出したかった。

（でも、今はまだ……）

ある強い情念が、その思いに歯止めをかけた。

茶店の老婆に銭を渡し、初糸はその場を足早に立ち去った。

すると消えたはずの左母次が商家の陰から顔を覗かせ、初糸の後ろ姿をじっと見送っていたが、やがて尾行を始めた。

葭簾の陰からこっちを見ていた初糸に気づいていたのだ。

さすがに左母次は練達の岡っ引きだった。


初糸は小石川下富坂町へ姿を現し、友成の屋敷の前へ来た。

そこで少しの間佇《たたず》み、閉じられた門扉《もんぴ》のなかの様子を探るようにしていたが、近くの武家奉公らしき女が何人かでやって来たので、初糸は顔を隠すようにして一旦その場を去った。

そして初糸は再び戻って来ると、やはり友成の屋敷の様子をひそかに窺っている。

しかし静寂に包まれた邸内からは、なんの物音も聞こえない。

初糸は張り詰めた表情でいる。

道祖神《どうそじん》の陰に身を潜め、初糸の動きを見守っていた左母次は自問自答をしていた。

(屋敷の主に用があるのか、あるいは……いずれにしても初糸が何をしようとしているのかわからねえな。正面から屋敷のもんに会いに行かねえところを見ると、きっと含むところがあるに違えねえ。いってえどんなことを考えていやがるのか、頼むから教えてくれ、初糸)

すぐにでも初糸の前へとび出して行き、問い質《ただ》したいところだが、そうすればすべては水泡に帰することになる。

初糸のあの様子では、恐らく貝のように口を閉ざしてしまい、事態は暗礁《あんしょう》に乗り上げるだろう。それがわかっているので、こちらからは行動を起こせない。

そのもどかしさに、左母次は胸苦しい思いがしてならなかった。

やがて考えに耽りながら、初糸は下富坂町を後にした。

左母次がすかさず後を追う。

辺りは武家屋敷や寺社がひしめいているから、初糸は左右を海鼠塀《なまこべい》に囲まれた道を、やはり黙考しながら歩いて行く。

立木に身を隠しつつ、またとび出しては左母次は追跡している。

突如、騒ぎが起こった。

顔面を血だらけにした坊主が逃げて来て、もう一人の坊主が怒鳴りながら追い縋《すが》るや、躍りかかって殴りつけたのだ。

殴られた坊主も喚《わめ》きながらやり返し、そこで取っ組み合いの喧嘩《けんか》となった。追って来た方が「人の女に手を出しおって」と怒っているから、恐らく坊主同士の痴情沙汰《ちじょうざた》に違いない。さらに大勢の坊主が駆けつけ、両者を引き離して仲裁に入った。

その騒ぎに往来の人も集まって来て、道は人で埋め尽くされた。

左母次は焦った。

坊主や野次馬を掻《か》き分けて行きかかると、坊主の一人に襟首《えりくび》をつかまれた。それを思い切り突きとばし、必死で初糸を追った。

その先の道は三叉路《さんさろ》になっていて、すでに初糸の姿はなかった。やみくもに見当をつけて一本の道を突っ走ってみたが、どこにも初糸はいない。

「くそっ、初糸……」

おれの所へ戻って来いと、左母次は叫びたかった。


一方、初糸は宏大《こうだい》な水戸藩邸を行き過ぎ、河岸《かし》にしゃがんで考え込んでいた。

左母次が尾行していることなど、知る由もなかった。

目の前を滔々《とうとう》と神田川が流れている。

その川面を見つめ、初糸は煩悶《はんもん》を繰り返しているようで、眉間《みけん》に皺《しわ》を寄せ、深刻な様子が窺える。

やがて決意を新たにでもしたのか、迷いを吹っ切るように小石川を後にし、河岸沿いに外神田方面へ向かって歩きだした。

すると初糸とすれ違った二人の武士が、同時に歩を止めてふり返った。羽織、袴姿の身装から察するにいずこかの藩士のようだ。

武士たちは深編笠《ふかあみがさ》を上げて初糸を見送り、

「おい、見たか。今のは確か」

土屋外亀四郎《つちやときしろう》が言った。

伊藤義平《いとうぎへい》も確《しか》とうなずいて、

「間違いない。あれは初糸殿だ」

「何をしているのだ、こんな所で。江戸に来ていたのか」

土屋が疑念を浮かべて言うと、伊藤が目を細めて、

「恐らく例のあの一件ではないのか」

「うむ、そうか、恐らくそうであろうな」

「ちと所在を確かめておくとするか」

「なんのためにそんなことをする。彼《か》の女はもはや当家とはなんの関わりもないのだぞ」

「よいではないか、何かと気になる女だ。つき合え」

「やむを得ん」

二人が初糸の尾行を始めた。

どちらも三十過ぎと思われ、武芸に秀でた勇猛そうな体格をしている。共通しているのは荒削りで粗暴な気性のようだ。

十一

「気になるじゃねえか、その屋敷の主。いってえ何者なんだ」

姫を膝に抱いた陣内が、左母次に問うた。

陣内の組屋敷の一室だが、当たりを取った左母次だけ報告に戻り、まだ何も知らない池之介はどこかの紅白粉問屋の調べに行ったきりだ。

「へい、初糸は見失いやしたが、あっしもその屋敷のことが気になりやして、戻って下富坂町の辻番《つじばん》で聞いてみやした」

辻番は武家専門の、わかり易くいえば自身番《じしんばん》だ。

「ふむ、それで」

「屋敷の主は友成半九郎と言いやして、身分は信濃日滝藩の下目付だそうで」

「日滝藩……聞いたことねえ藩名だな」

「一万七千石のちいせえ藩らしいんです」

陣内が首を傾げて、

「だったらよ、下目付風情がそんなご大層な屋敷を与えられてるなんてちょっとおかしかねえか。ましてや一万七千石だろ。ふつうは藩邸のさむれえ長屋がいいとこだろ」

「そうなんですけど、少しばかり事情があるようなんです」

「どんな」

その時、退屈した姫がじゃれて陣内の手を引っ掻いたので、「こら、痛えじゃねえか、このお転婆娘《てんばむすめ》が」と陣内がやさしく言った。

腹を逆撫でするると姫は気持ちよさそうに両手を伸ばした。

この邪心のない小動物との暮らしが、今では陣内の唯一の癒《いや》しになっていた。

左母次がつづける。

「辻番の父っつぁんの話だと、日滝藩の兄弟藩に長姫藩というのがあって、どうしてかわかりやせんが、そのお身内衆の誰かを友成は預かっているとか」

「どんな身内なんだ」

「さあ、そこまでは」

「てことはあれか、兄弟藩の間になんらかのわけがあるんだな。そいでもって長姫藩の身内を日滝藩が預かって、その友成なにがしってのが面倒見てるってわけか。ははあ、だから屋敷をあてがわれてるのか。そうなるってえと、預けられてんのはよほど身分のある人なんだろうね」

「へえ、たぶん。お家同士のことですんで、どんなわけがあるのか、お武家方ってな、なかなか外に秘密を漏らしやせんからね、辻番の父っつぁんにゃそれぐれえしかわからねえものと。もっと深く知りてえとなったら、日滝藩の奉公人にでも聞くしかありやせん」

「そうして頂戴よ、すっきりしねえから」

「わかりやした、なんとかやってみやす」

左母次が承知すると、陣内が閃《ひらめ》いて、

「あ、待ってくれよ、そういう大名関係のことだったらうちの母里様に聞いたらわかるかもしんない。あの人いろいろと手蔓《てづる》持ってっから。よし、おいらの方でも調べてみらあ」

「へい」

「それにさ、それだけじゃねえんだよな。肝心なことは、初糸はなんで友成の屋敷を探っていたかってことよ」

「そこなんですよ、旦那。探っていたというより、あっしにゃ初糸自身が兄弟藩のどっちかに関係してる女のように思えてきたんで」

「そうだよな。さらによ、その初糸がどうして山路伝蔵って浪人を斬り殺さなきゃならなかったのか。山路が仇《かたき》だとしたら、それで仇討は済んだはずだろ。仇はもう一人いて、友成ってのがそうだとしたら辻褄《つじつま》が合うんだけどよ」

「へい」

「だとすると山路も只《ただ》の浪人じゃなくてさ、どっちかの藩にいたのかもしんないね」

「さすが旦那だ、そいつぁ言えますぜ」

「左母ちゃん、見てよ」

そう言われて左母次が見やると、姫が気持ちよさそうに陣内の腕のなかで眠っていた。

「こいつぁよ、最初に迷い込んできた時はうるせえ邪魔だあっち行け馬鹿野郎って追っ払ったんだけど、懲《こ》りずにまた来やがるからおいらも根負けしちゃってさ、とうとう飼う羽目《はめ》になっちまった」

「へえ、その経緯《いきさつ》はあっしも知ってやすよ」

「けどさ、今じゃ立場は逆転して、こっちがいて下さいってお願いしてるもんね、機嫌損ねると出て行かれちまうから。もうあれよ、当家になくちゃならねえ猫ちゃんになっちまった」

　そう言って「あはは」と笑った後、陣内は真顔になって話題を元へ戻し、

「左母ちゃん、初糸の身分が武家で、仇討するのにまっとうなわけがあるとしたら、犯科人にゃならねえんだぜ。お上がきっちり調べて、仇の方に非があると認められれば、初糸は無罪放免てこともあるんだ」

「ええっ、そうなんですかい」

　左母次が目を輝かせた。

　陣内は得たりとなって、

「そこがおめえ、武家の掟《おきて》ってやつよ。だから希《のぞ》みを持って初糸を追いかけるんだな。初糸が無罪放免となったらおいらが仲人《なこうど》すっから」

　左母次が慌てて、

「ちょっと旦那、待って下せえよ。仲人ってなんですか。話が先走りし過ぎですぜ」

「赤くなってるよ、左母ちゃん、ヤだねえ」

　左母次が照れ臭そうに首筋を掻いて、

「人が悪いなあ、旦那も」

「ムホホ、こいつぁいいね、うん、いいよ」

陣内は一人で悦に入っている。

十二

翌日、早くも奉行所から使いが来て、母里から呼び出しがかかった。

それで陣内は急ぎ出仕し、与力詰所で待つところへ、母里主水が軽い足取りで入って来た。

冬枯れの庭園では、小鳥の群れがのどかに餌《えさ》を啄《ついば》んでいる。

「野火殿、やったわよ、あたしのお手柄。褒《ほ》めて頂戴な」

陣内の前に座るなり、いつものおかま口調で言った。

母里が有力な情報をつかんできてくれたと思っているから、陣内はわくわくするような逸《はや》る気持ちを抑えて、

「はて、お手柄と申しますると」

「友成半九郎が屋敷で預かっているのは、長姫藩の先代の藩主なんだって。その名を保科一虎殿って言うらしいわ」

「先代の藩主がかような屋敷に蟄居《ちっきょ》しているとは、如何《いか》なる事情なのでしょうか」

「一虎殿は卒中で倒れちゃって、それじゃとても藩政は務まらないから、弟の頼以殿

が後を継いだのよ」

「はあ、ではその一虎様が何ゆえ日滝藩の厄介に？」

「頼以殿が病気の兄上の面倒をあまり見なくって、ないがしろにしたらしいのね。それで縁の深い日滝藩の殿様、保科周防守忠政殿が同情して、一虎殿を引き取ったみたい。それに関しちゃ事は円満に運んだようね。友成ってのは元々一虎殿の近習侍だったから、殿様と一緒に退いて、日滝藩の方へ身を寄せることになったのよ。友成のことをもっとよく知りたかったんだけど、一藩士となるとねえ、皆目つかめないわ。だからどんな人物かまではわからない」

陣内はよくよく考えて、

「それがしも様々な大名家のお家の事情を耳にして参りましたが、これは些《いささ》か変わっておりまするな」

「そうね、あんまり聞かない話よね」

「そこまでのお話、よくぞつかんで下さいました。ちなみに、どういう筋に手を廻しましたか」

母里は得意な顔になって、

「うふふ、それはね、餅は餅屋よ。与力仲間に聞き廻って、大名家に詳しい人がいるから根掘り葉掘りと」

「有難う存じます。大変助かりました」

「話はまだ終わってないわよ、野火殿」

母里がピシャリと扇子《せんす》でおのれの膝を打った。

「はっ？」

立ちかけた陣内が座り直した。

「もう、せっかちなんだから。一虎殿は隠居の身となってそういうことになったけど、国表にいた頃に幾つかよくない話があるの。話っていうより事件よね」

陣内は口を差し挟まずに耳を傾けている。

「詳しいことは外に漏れてこないから何があったのかはさっぱりなんだけど、一虎殿の周辺でご家中の女が二人か三人、不慮《ふりよ》の死を遂げているのよ。それもね、本当かどうかわからないけど手討ちにされたみたいなの。いったい何があったのか、たぶん色絡みだと思うけど今となってはねえ。それに大分昔の件だし、一虎殿も血気盛んだったんじゃないのかしら。もう年寄だからそんなことはないと思うんだけど、変人に変わりはないわよ」

「……」

「その件、当時の藩では必死になって火消しに努めたみたいだわ。でもお庭の者がそれを嗅ぎつけて上へ報告を上げたのよ。なのに結局は表沙汰にならないで、お咎《とが》めなしってことに」

「それは恐らくあれでございましょう、長姫藩の重職あたりが幕閣のお偉いさんに山吹色《やまぶきいろ》でもつかませたのではありませんかな」

「よくわかるわね、その通りよ」

「藩の存亡がかかっているのですから、それは当然のことかと」

「でもね、そういう事件ほど人の口に戸は立てられない。ぶっちゃけ言うとね、うちの与力とお庭の者が通じているのよ。だからすんなりわかったの。でもお手柄には違いないでしょ。ねっ、どうかしら、今宵《こよい》辺り二人でしんみり酒を酌《く》み交《か》わすなんて」

陣内はその申し出を無視して、

「色絡みと申されましたが、一虎様は婦女子にどのような行いをするのでしょうか。女をいたぶるのですかな。あるいはまたそれを楽しむとか。殿様のなかにはよくそういう人がいると聞いたことがございます」

「そんなことわからないわよ、あたしにだって。でもついヤラしいこと想像しちゃうわよねえ」

母里がねっとりとした流し目をくれた。

「貴重なお話、有難うございました」

「一杯やる話はどうなのよ」

「事件の方が手一杯なもので、今はとてもそのような気分では」

「野火殿、一度聞きたいと思っていたことがあるの」

「なんでございましょう」

「あたしのこと、嫌いなの」

「と、とんでもございません、大好きです」

「だったら、一杯」

「失礼致します」

素っ気なく言い、慇懃に一礼して陣内が去った。

十三

一虎の入浴には下屋敷から小者が来て、湯殿で洗ってくれることになっている。

一虎とて着付けは自分でできるから、お絹のやることはさしてなく、食事を作り、その上げ下げか、あるいは邸内の掃除ぐらいだ。

その日は昼餉《ひるげ》の後、一虎が爪が伸びたと言うから、お絹は座敷牢へ入り、握《にぎ》り鋏《ばさみ》で爪を切ってやることにした。

一虎は穏やかな表情で、お絹に手先を委《ゆだ》ねている。

友成は居室にいて、書見でもしているようだ。

「おまえは幾つに相なる」

間近で一虎が話しかけてきた。

「はい、今年で十七に」

「花も恥じらう娘盛りじゃな」

「いいえ、そんな」

一虎と視線が合い、お絹は慌てたように目を逸らした。一虎のそれはねっとりと、粘りつくようなものだったのだ。

「男はいるのか」

生臭いことを問うてきた。

「とんでもございません、あたくしに男だなんて。考えたことも」

「つき合いはないのか」

「はい」

「では生娘なのだな」

「それは」

恥じらいにお絹は下を向く。

「違うのか。男を知っているのか」

「知っているとは……」

お絹は怪訝《けげん》な顔になる。

「意味がわからんか」

「はい」

「あれのことじゃよ」

一虎が歯茎を見せてにこっと笑った。品位を保ちつつも、卑猥《ひわい》な表情になっている。

お絹はようやく言葉の意味を理解し、烈しく赤面して握り鋏の手を止め、

「そういうお話はどうかおやめ下さいまし」

「いかんか」

「あたくしが困ります」

胸許を掻き合わせ、腿《もも》をきつく閉じた。乙女の防衛本能だ。

「それはすまなかった。しかし年頃なのだ、男のことを考えぬはずはあるまい」

「は、はい、それは少しは……でもあたくしなんぞ、男の人が相手にしてくれるわけが」

「そうかな」

「もっときれいに生まれていればよかったんですけど」

「そんなことはないぞ」

一虎の息が首筋にかかって、お絹はぞっとした。

「おまえは十分に美しい。これまで御殿勤めの女を大勢見てきたが、おまえは誰にも引けをとらん。もっと自信を持つがよい」

「それは、有難う存じます」

お絹が頭を下げた。

「夕餉《ゆうげ》はなんだ」

話題が変わったので、お絹はホッとして、

「今日は鮃《ひらめ》を煮つけてみようかと思っています」

「おお、鮃の煮つけか。それはうまそうだ。晩が楽しみであるな」

「あたくしの味つけ、お気に召しましたか」

「すこぶる満足しているぞ」

お絹は声を弾ませて、

「そうおっしゃられますと、やり甲斐《がい》がでて参ります」

それではご無礼をと言い、お絹は一虎の前を辞した。

一虎はきれいに切り揃えられた指の爪を丹念に眺め、にんまり満足げな笑みを浮かべている。

時にその目に、なぜか兇暴で狂気じみたものが走ることがあるが、そのことは誰も気づかない。

十四

左母次は貸本屋に化け、小石川上富坂町の日滝藩下屋敷に入り込んでいた。

この頃の人は本を買うことはあまりせず、ほとんど貸本屋で借りて読むのがふつうだった。

文化年間の貸本屋の数は六百五十六人もいて、一人が受け持つ得意先は百七、八十軒にも及び、江戸だけで延べ十万軒以上の客を確保していたという。この頃から世界に冠たる読書好きな国だったのだ。

貸本屋はどこも出入り先が決まっているから、左母次は小石川界隈を仕切る親方に話をつけ、日滝藩を受け持ちの貸本屋に急病になって貰い、その代りということで下屋敷に入り込んだ。むろん名目はお上御用である。

そこは裏庭で、井戸端で下女たちは青菜や大根などを洗っている最中だったが、左母次が提供する本に手を止めて賑やかに群がった。

絵草子《えぞうし》本《ぼん》というのが娯楽的な読み物の総称で、赤本、青本、黒本、黄表紙《きびようし》、合巻《ごうかん》と、表紙の色と内容で分類され、それによって仮名草子《かなぞうし》、読本《よみほん》、浮世《うきよ》草子、滑稽本《こっけいぼん》、人情本、洒落本《しゃれぼん》等々と、多岐《たき》にわたっている。

下女といえども本に関する知識は皆持っているから、左母次などそっちのけで、「浮世風呂《うきよぶろ》」や「東海道中膝栗毛《とうかいどうちゅうひざくりげ》」の話題でもちきりとなった。

左母次はさり気なく女たちを見守っていたが、そのなかで口の軽そうなのに目を止め、そっと肩を叩いて離れた所へ誘った。

「ちょいと妙な話を聞いたんだよ」

肥満体の下女はすぐに興味津々《しんしん》となり、

「どんなことだね」

左母次に顔を寄せ、不意にびっくりしたように身を引いて、

「あんれ、おまえさんて人は、そばでよく見ると苦み走ったいい男だねえ」

左母次は苦笑して、

「そんなことはいいからよ、嫁入橋の近くにもうひとつお屋敷があって、そこは日滝藩ゆかりだから行ってみたらどうかって佐助《さすけ》さんに言われたんだ」

佐助というのが急病になって貰った貸本屋のことで、そこへ行ってみたらというのは左母次のでっち上げだ。

「ところが門が固く閉まっていて、いくら呼んでも誰も出て来ねえ。妙だと思わねえか。このお下屋敷とどんなゆかりがあるのかな」

下女は困った顔になり、

「ちょっとそれは……いくら貸本屋さんがいい男でも、外に漏らすわけには。口止めされてるもんで」

「わかるよ、おめえさんは身持ちも口も固そうだもんなあ」

そう言いつつ、左母次は下女に小粒銀を握らせた。

「あ、嫌だ、そんなことされたら」

同輩たちの方を窺うが、誰も気づいていないようなので、下女はすばやくそれを袂に落とす。そして囁き声になり、早口で打ち明けた。

「あのお屋敷にゃお下目付の友成半九郎様という御方が住んでいなさるんだよ。でもゆかりといっても、友成様は元は日滝藩の人間じゃなくてね、日滝藩と親戚の長姫藩の人なのさ。両家のことは聞いているかね」

「ああ、そいつぁ佐助さんから。どんな人なんだい、友成様ってな」

「長姫藩にいた頃にご不幸があったらしいんだよ。でもそれを乗り越えられて、友成様は今もご立派に殿様にお仕えしているのさ。殿様というのは一虎様といって、ちょっとややこしい事情があって……」

「おっと、その話はいいんだ。おれっちが聞いても仕方ねえからな」

左母次は話の重複を避けて、

「それより友成様のご不幸って、どんなことなんだい」

「さあ……何か悶着《もんちゃく》があって、二年ほど前に友成様の奥方が斬られなすったとか」

「斬られただと？　そいつぁ只ごっちゃねえな。いってえ誰に殺《あや》められたんだ」

「詳しいことは聞いてねえだよ。そういうことがあって、うちの殿様のご厚意で、友成様は長姫藩から日滝藩に引っ越して来なすったんだ。でも藩邸の人たちの反撥があるらしくって、滅多にここにゃ来ねえだ」

友成の妻は誰に斬られたのか——。

左母次にはそこに事件の核心があるような気がしてきた。そして真相を知っているのは初糸なのだ。

その初糸と邂逅《かいこう》するには、友成の屋敷から目を離してはならないと思った。

十五

友成半九郎は書肆《しょし》めぐりをする楽しみを持っていて、日本橋室町《むろまち》辺りにひしめく書《しょ》物問屋《もつどんや》を贔屓《ひいき》にしていた。

彼の場合、娯楽本は読まず、古典や儒書《じゅしょ》などの学問、教養書の類《たぐい》を多く求め、おのれを磨くことを目的としているのだ。

何軒かの書物問屋をめぐり、その日はそれでも飽き足らず、次の店をめざして大通りを歩いていた。すでに買い求めた何冊かの本を風呂敷に包み、大事そうに抱えている。着流しに毛羽織を着て、腰には大刀ひとふりだけだ。

その姿だと宮仕えなのか、浪人なのか、どちらとも言えないから、余人は判断に苦しむところだ。

次の店である文盛堂《ぶんせいどう》の暖簾を潜り、そこで友成は目を開いた。

店の端の上がり框に、土屋外亀四郎と伊藤義平が掛けていたのだ。

「これは、土屋に伊藤ではないか」

友成は驚きの表情だ。

店は立て込んでいて、客や手代らの談笑が賑やかだ。

土屋と伊藤が立って来て、

「お主を待っていたのだ。ここの名は前から聞いていたのでな、日和《ひより》がよいからきっと来ると思っていたぞ。国表にいる頃からお主は本好きだったからな」

土屋が言った。

「わたしに用なのか」

二人が無言でうなずく。

「ならば下富坂町の方へ訪ねて来ればよかったではないか」

「殿がおられるゆえ、あそこは敷居が高い」

土屋の後を伊藤が継ぎ、

「話がある。ちとつき合え」


三人で近くの茶店の床几《しょうぎ》に掛けた。

土屋と伊藤は長姫藩馬廻り役の藩士で、友成とはかつての同輩同士なのである。友成も元は馬廻りだったが、一虎に気に入られて近習に取り立てられたのだ。

「どうだ、殿の具合は」

伊藤が聞いてきた。

「それが驚くべき恢復ぶりでな、こっちへ来てからすこぶるお元気になられた」

土屋が顔を近づけ、

「女は置いておるまいな」

「あ、それは」

友成が目を逸《そ》らす。

「火には気をつけているのか」

土屋の言葉に、友成が答える。

「それがあるから殿は座敷牢に入れてある」

土屋と伊藤がサッと見交わした。

「座敷牢だと？」

伊藤が嚙《か》みつくように言った。

「いや、思い違いをしないでくれ、あくまで用心のためなのだ。出入りは自由にしてあるし、殿も文句は言われない。以前の殿と違って、江戸では何事もなく、おとなしくしておられる」

土屋が探るような目をくれ、

「女は婆さんがいいぞ」

女の雇い人がいることを見破ったのだ。

「わかっている。それより話というのはなんだ。今さら昔話でもあるまい」

土屋と伊藤はそこでまた見交わし、

「お主、山路のことは知っているか」

土屋が言った。

「山路がどうした」

「わしら二人に山路とお主で、よく城下の居酒屋で酒を飲んだではないか。今思えばなつかしいの」

土屋の話は遠廻りだ。

「山路とは国表以来、別れ別れになったままだ。藩を出奔《しゅっぽん》して浪々の暮らしをしているのであろう」

「死んだよ」

伊藤がぐさっと言う。

友成は息を呑み、

「病気か」

「違う。この江戸で何者かに斬り殺されたのだ。料理茶屋に立て籠もり、狼藉を働いたらしい」

土屋の言葉に、友成が青褪めた。

「なぜそんなことを」

「わからん、あいつのやることはいつも支離滅裂だったではないか。何かのなりゆきではないのか。心気が昂《たかぶ》って乱心したのかも知れん」

「下手人は」

「町方の話では女だそうだ」

伊藤が告げる。

「女……」

「家中でお主と山路はよくつるんでいたではないか。心当たりはないか、下手人に」

土屋が言うと、友成は「ない」と答える。

尚も土屋がつづけて、

「わしらは何も知らされておらぬゆえ、お主と山路との間にどのような秘密があったのかはわからん。したがお主の妻は非業の死を遂げ、山路は出奔し、お主は殿と共に藩を出ることになった。転変が著しいがゆえ、わしらには何がどうなっているのかさっぱりわからん」

伊藤が代って、

「したがの、わかっているのはお主の妻の死は謀殺であるということだ。違うかな」

友成は眉間を険しくし、

「志津《しづ》のことには触れないでくれ。それにおれは謀殺などとは思っておらんぞ。あれは妻が少しばかり不始末を仕出かしたのだ」

「納得できんな」

土屋がつぶやくように言い、

「初糸殿を見かけたぞ」

不意に話題を変えた。

「どこでだ」

友成が動揺した。

「神田川沿いをな、思い詰めた様子で歩いていた。あれはお主を仇と狙っているのではあるまいかの」

友成は思いの外取り乱し、

「初糸がなぜわたしを狙うのだ。怨まれるような覚えはないぞ」

「それはどうか知らんがの、気になったので初糸殿の宿を突き止めておいた。行ってみるか」

伊藤が言い、土屋と含んだ目を交わし合うと、

「なあ、友成よ、お主がうらやましいぞ。あんな変人の殿と一緒とはいえ、日滝藩より結構な屋敷を与えられて優雅に暮らしておるではないか。それに比べ、わしらは十年一日の下級暮らしだ。いつもいつも手許不如意でぴいぴいしておるわ。昔のよしみで少し恵んでくれぬか」

「そんな卑《いや》しい言い方はよせ」

友成は財布を取り出し、二分ほどを伊藤の手につかませたところで、一瞬狡智《こうち》に長《た》けた目になり、

「ひと声掛けたら、おれのために働いてくれるかな」

「ああ、なんなりと言ってくれ。金のためならどんなことでもするぞ」

土屋が言えば、伊藤が卑屈な笑みを見せ、

「こいつはな、吉原《よしわら》の女郎に惚れ込んでいくらでも金がいるのだ。わしはよせよせと言っているのだが、言うことを聞かん。もうどうしようもないわ。とまあ、そう言う

わしにも金のいる事情があってな、お主のひと声ですぐに動くぞ」

「こ奴はひとえに酒なのだ。藩邸を抜け出しては縄暖簾の立ち飲みまでしている。わしよりもっと救いがないと思わんか。くだらんくだらん、実にくだらんの」

「黙れ、お主に言われたくないわ」

土屋と伊藤がド突き合い、声高に笑った。

二人揃ってくだらないのだ。

だが友成は青い顔のままで、

「お主たちがついていると思うと心強い。そのうち本当に頼むことがあるやも知れん。その時はよしなにな」

十六

屋敷へ戻るなり、友成は異変を知った。

どこかでお絹の啜《すす》り泣く声がしている。

血相変え、屋敷へ上がって声のする方へ急いだ。

台所でお絹がうずくまって泣いていた。

帯はほどけて垂れ、着付けは崩され、何があったのかは歴然としていた。

それを見てあえて声を掛けず、友成は身をひるがえして廊下を突き進み、座敷牢の前へやって来た。

一虎は背を向け、小机に向かって一心不乱に写経をしている。

「殿」

友成が正座して呼びかけた。

一虎はひたっと筆の手を止め、やや頬を弛めたやさしげな表情になり、だが目の奥だけは鋭く光らせてふり向いた。

「なんじゃ」

「お絹に何かなされましたか」

「ああ、した」

一虎が即答し、

「あ奴があまりに可愛いのでな、わしの種を植えつけてやった。いけなかったかな、半九郎」

「……」

「どうした」

「いえ、殿にいけないことなどひとつもござりませぬ」

ご免と言い、友成は去った。

そして再び台所へ来ると、お絹の姿は消えていた。

友成はずっと手にしていた大刀を腰にぶち込み、すばやく玄関へ向かうや、履物《はきもの》を履く間ももどかしく表へ飛び出した。門を抜けて左右を見廻し、お絹を探し求めて付近を駆けずり廻った。

「おのれ、逃がすものか」

怒気を含んだ声で友成がつぶやく。

雑木林を縫って、お絹はこけつまろびつ逃げていた。

友成が走って来て追いつくや、お絹の背を蹴った。

お絹が叫んでドーッと倒れる。

それに馬乗りになり、友成は若い娘の頬を鉄拳で殴りつけた。お絹は泣き叫び、恐慌をきたすが、友成は情け容赦《ようしゃ》なく鉄拳を叩き込む。

お絹の顔面は血だらけだ。

「来い」

友成がお絹の襟首をつかんで立たせ、むりやり屋敷へ連れ戻そうとする。

お絹は必死で抗い、木につかまって拒んでいる。

「おまえは牝《めす》の馬か牛なのだ。殿のお手がついて有難いと思え。そう思え、思わねばならぬ」

「嫌っ、後生です、もう堪忍《かんにん》して下さい」

「畜生の訴えなど聞く耳持たん」

それは人の血の通わぬ人面獣心《じんめんじゅうしん》の男の姿だった。

友成はさらにお絹の脇腹を殴打し、牛馬を引くようにして連れて行こうとした。

その前に初糸がとび出して来た。白い貌《かお》を怒りに染め、すでに懐剣を抜き放っている。

「おなじでございますね、友成殿」

「初糸……」

茫然《ぼうぜん》となり、友成の動きが止まった。しかしお絹をつかんだ手は決して弛めていない。

「わたくしの姉とおなじことを。なぜ愚行を繰り返すのですか」

友成が冷笑を浮かべた。

「それはおれが問い返したい。なぜそこ元にはわからんのだ。上《かみ》に仕える身で、殿は神とおなじ座にあらせられるのだぞ。このうつけめが」

友成は正気とは思えず、狂気に満ちているように見えた。

「あなた様にはもはや何を申しても……わたくしは姉の仇を討ちまする」

初糸が懐剣を構え、友成に迫った。

友成はお絹を一旦は放り出しておき、ギラリと抜刀した。

お絹は這って逃げようとしているが、満身創痍《まんしんそうい》でその動きは鈍い。

「とおっ」

裂帛《れっぱく》の気合で初糸が突進した。

その懐剣を大刀ではね返し、友成が踏み込んで兇刃を閃かせた。

一閃《いっせん》、二閃、三閃……。

凄まじい刃風が唸った。

初糸は圧倒され、ザザッと後退して追い詰められた。

友成が勝利の笑みになった。

「牛馬の分際で愚かな姉妹であるな」

猛然と斬り込んだ。

初糸は決死で応戦し、辛くも白刃の襲撃を避けるが、一瞬の隙を衝《つ》かれて肩先を斬られた。

「あっ」

もつれて倒れ込んだ。

友成が刀を大上段にふり被った。

その時、土煙を上げて左母次と池之介が駆けつけて来た。

それを見て、友成の顔が険悪に歪む。

二人は初糸を庇《かば》い立つと、

「この人に手を掛けるんじゃねえ」

左母次が敢然と言い放ち、十手を突き出した。

池之介もおなじく十手で構える。

「うぬっ……」

友成は切歯《せつし》して後ずさり、刀を納めてお絹の腋《わき》に手を入れて立たせた。そして喚いて抗うお絹を強引に連れ去った。

それを追いかかる池之介を、左母次が止めて、

「初糸さん」

ようやく逢えた初糸は疵を受け、出血し、呻《うめ》き苦しんでいた。

左母次は手早く手拭いで肩先を縛り、気遣いながら初糸を担ぎ上げた。

「一番近え医者はどこだ」

「案内します。けど左母次さん、今の若え娘も助けてやらないと」

「初糸さんが先だろう」

左母次が怒鳴るように言った。

十七

初糸が覚醒し、うっすら目を開けた。

ぼんやりした視界に、陣内、左母次、池之介の顔が並んでいた。

下富坂町の外科医の家で、初糸はすでに疵の手当てを施され、夜具に横たわっている。

「ここは……」

初糸の喉からか細い声が漏れた。

左母次がぐっと覗き込んで、

「もうしんぺえいらねえぜ、初糸さん。疵もてえしたことはねえそうだ」

「左母次さんに、お世話をかけて」

初糸が申し訳ない顔で言う。

「よしてくれ、そんなことは」

「左母次さんには嘘をついていました」

「わかってるぜ、もう何も言うなよ」

初糸は左母次の言うことを聞かず、

「紅売りは仮りそめの姿で、神田佐久間町が在所というのも偽りでした。でもわが身が天涯孤独というのは本当なのです」

「それもな、みんな調べはついてるんだ」

「探していたのですか、わたくしのことを」

「ああ、そうだよ。おめえさんがどこへ行って何をやらかそうとしてるのか、ハラハラのし通しだったんだ。随分と気を揉んだぜ」

「ご免なさい」

「だから、いいってことよ」

初糸の視界に陣内が入ってきた。

「それがしは南町の同心で野火陣内という者です」

「はい」

「こいつらはおいらの手先なんだけど、おめえさん、いってえどんな事情を抱えてるんだい。差し支えなかったら、いや、差し支えがあっても構やしねえ、打ち明けてくれねえかな」

「それは……」

池之介が割って入り、

「そうした方がいいですよ、初糸さん。おいらは池之介ってんだけど、この旦那は百万の味方になってくれますぜ」

初糸は池之介へうなずいておき、陣内に目を転じて、

「野火殿」

「はい」

「お話し申し上げます」

陣内がうなずき、初糸の告白を待った。

初糸は遠くを見るような目になり、

「先ほどの友成半九郎は、わたくしの姉志津の夫でございました」

信濃国長姫藩の馬廻り役だった友成は、当時の藩主一虎に目をかけられ、やがて引き立てられてその近習となった。望外の喜びに志津の心は躍ったが、ひとつだけ妹に奇妙なことを打ち明けた。輿入《こしい》れして三年も経つのだが、友成は志津の肌に一度も触

れようとはしないのだという。激務のせいかと思っていたが、ある日その真相がわかる時がきた。

友成は宿直《とのい》の晩、かならず一虎と同衾《どうきん》していたのだ。

これは武家社会の主従関係では珍しいことではなかったが、何も知らぬ志津には烈しい衝撃だった。

しかしその衝撃は序の口に過ぎず、次なる衝撃が志津を襲った。

志津は寝所へ召し出され、一虎に凌辱《りようじよく》されたのだ。うちひしがれた志津はその出来事を泪ながらに夫に訴えた。

だが友成の答えはひとつ、

「仕えよ」

であった。

その後も再三にわたり、志津は一虎の慰み者にされた。逃げ出そうとすると、友成に引き戻され、一虎の前へ突き出された。すでに夫への愛情は失せ、志津は一虎よりも友成を怨み、蔑《さげす》むようになっていた。

そして何もかも捨て、志津は出奔した。

友成はかつての同輩だった山路伝蔵に頼み込み、志津に討手をかけて斬り殺させた。

友成は近習として幅を利かせていたから、山路はその見返りとして栄達をもくろんでいたのだ。

だが事情を知らぬ一虎は、志津を斬った山路に怒りを向け、刺客を差し向けた。それで山路はやむなく逐電《ちくでん》し、浪々の身になったのである。

やがて一虎は病いに倒れ、長姫藩と日滝藩との間の談合で、日滝藩へ引き取られることとなり、友成共々、江戸へ出て来た。

初糸は姉夫婦と同居はしていなかったが、志津から事の顛末はすべて聞かされていた。

幼き頃より仲の良い姉妹だった。

姉の仇討を決意し、初糸も国表を去った。

そうしてまずは山路の足取りを追い、江戸に辿り着き、紅売り行商に身をやつして行方を探し求めた。山路が江戸に潜伏しているという情報があったのだ。

そんな時に初糸は左母次と知り合ったのだが、山路が川崎宿《かわさきじゅく》にいるというさらなる情報を得て、一旦は江戸を出てこれを追跡した。

左母次に別れを告げたのは、まさにその時だったのだ。

ところが川崎宿へ着いてみると、山路は再び江戸へ向かったという。そこでまた江戸へ戻り、山路を探しまくるうち、浜松町の椿山樓立て籠もりの知らせを受けた。

それまで陰になり日向《ひなた》になり、初糸へ情報提供の協力者として、国表より行動を共にしてきた和平《わへい》という下僕《げぼく》がいた。

これが老爺で、今は病臥する身なのだという。

「そのおつきの人はどこにいるのかな」

陣内の問いに、初糸は迷うような目になった。

「いや、おめえさんの怪我のことを教えてやろうかと思ってさ」

「神田連雀《れんじゃくちょう》町の源八《げんぱち》長屋でございます。わたくしもそこに身を寄せておりました。和平は明日をも知れぬ身なのです」

「そうかい」

話し疲れたのか、初糸はそっと静かに目を閉じた。

陣内は左母次と池之介をうながし、席を外した。

やがて初糸はすっと目を開け、憤怒をみなぎらせた表情になり、視線をさまよわせた。烈しい感情が突き上げ、夜具の上に置いた指先を小刻みに震わせた。

十八

別室で、陣内、左母次、池之介が車座になっていた。

医家の待合室ゆえにがらんとして、調度も何もない殺風景なものだ。

左母次はジリジリと焦りを募らせて、

「旦那、どうしたらいいんですかね。初糸に仇討をさせてやりますか」

「いや、それはだな」

「させてやりやしょうよ。だったらおれ、助っ人してやりてえんです。もちろん旦那にご迷惑をかけるつもりはござんせん。十手をお返しして、長脇差《ながどす》一本で」

「馬鹿野郎、カッコつけてんじゃねえよ。いい加減にしなさい」

「へっ？」

「いいか、こいつぁな、仇討をさせちゃならねえんだ。初糸に二度と白刃を持たせてはいけないのです」

「それじゃ収まりやせんよ、初糸は」

「今はつれえだろうから、疵の塩梅《あんばい》を見ておいらが説得する」

「けど……」

左母次は不服顔で押し黙る。

するると池之介が膝を進め、

「左母次さん、あっしもその方がいいと思いますね。さっきの見てたら、友成ってさむれえはかなりの使い手です。初糸さん、きっと返り討ちにされちまいますよ」

「だから、おれが助っ人するって言ってるんじゃねえか」

左母次がいきりたつ。

「左母ちゃん、残念だけどな」

「なんですか」

「仇討にもいろいろと分け隔てがあってよ、姉の仇を妹が討つなんて許されねえんだぜ」

「それもお武家の掟ってやつですか」

「そういうこった」

「だって旦那はまっとうな理由さえ立てば無罪放免になると」

陣内が腕組みして、

「うむむ、難しいだろうなあ……事情は確かに向こうに非があらあ。けど今や初糸は武門を背負ってる人間じゃねえ、とっくに武家の身分じゃなくなってるんだ」

「そ、そんな……」

池之介がきちっと座り直して、

「でも旦那、友成って奴、許せねえですよ。さっきの若え女中だって強引に連れ去られてるんです。殿様の餌食《えじき》にされてるんですぜ。みすみす放っとけってんですか」

しだいに腹が立ってきたようだ。

陣内はやるせない溜息をついて、

「なんかさあ、一虎も友成もおかしかねえかい。どっかとち狂ってるよなあ。ヤだねえ、おいらとしちゃあ」

そこへ薬籠持《やくろうも》ちの若者が息せき切って駆け込んで来た。

「お、お役人様、大変ですよ。あの女の人がいなくなっちまいました。履物がないからどっかへ行きなすったんで」

陣内がカッと目を開き、二人と見交わし合った。

「ヤべえぞ、こいつぁ」

陣内が言い、三人が同時に立ち上がった。

十九

初糸は医家をとび出し、蹌踉《そうろう》とした足取りで夜道を歩いていた。

どうにか神田川を渡って内神田へ入り、家の壁に手を突きながら伝い進んで行く。

だが熱でも出てきたのか意識が朦朧《もうろう》としてきて、危うく倒れそうになった。寸前で踏み止まり、また歩きだす。

町辻でそれを見ていた空駕籠《からかご》の駕籠舁《か》き二人が寄って来て、「もし、どうしなすった」と親切に聞くから、初糸は救われたような思いがし、連雀町まで乗せて下さいと切れぎれの声で言った。

それで駕籠舁きたちは初糸を乗せ、連雀町までひた走った。

源八長屋の路地木戸の暗がりに、土屋外亀四郎と伊藤義平は身を潜めていた。二人とも黒頭巾《くろずきん》を被り、すでに躰のどこかに血の臭いをさせている。

そこへ駕籠を捨てた初糸がやって来た。

木戸を潜り、一軒の家へ入って行ったが、土間に立ったとたんに初糸は悲痛な声を漏らした。

座敷で斬り殺された下僕の和平が、血の海のなかに倒れ伏していたのだ。行燈《あんどん》がはかなげな灯を燃やしている。

「和平……」

油障子を背にして立ち尽くした初糸が、次に「うっ」と小さく叫んだ。障子越しに白刃で刺されたのだ。その切っ先が初糸の腹から突き出ている。白刃はすぐに引き抜かれた。

「おのれ……おのれ……」

無念な声を発し、初糸はそのまま座り込んで空ろな目をさまよわせた。

土屋と伊藤の足音が遠ざかって行った。

初糸は渾身《こんしん》の力をふり絞って土間を這い、上がり框から座敷へ上がり、和平の躰を撫でさすり、

「すまぬ……和平、許して下さい……」

そこで初糸はコト切れた。

ややあって、騒然とした足音が聞こえ、油障子をガラッと開けて陣内、左母次、池之介が顔を覗かせた。

その場の光景に三人とも絶句し、愕然となって凍りついた。

冷たい夜風が吹き込んできて、家のなかのものをカタカタと揺さぶった。

二十

友成が手文庫から小判をつかみ出し、それを数えて、目の前に座った土屋と伊藤に差し出した。

「約定《やくじょう》通り一人頭五両、それだけあれば女を買えるし酒も飲み放題だな」

二人はにんまりと見交わし、先を争うようにして手当てを受け取り、

「いやいや、持つべきものは友であるな」

土屋が言うと、伊藤もホクホク顔で、

「この先も何かあったら言ってくれ。なんでも請負うぞ」

友成は静かな笑みを湛《たた》えている。

「と申して、もう悩みの種はなくなったか」

伊藤が探るようにして言った。

「いや、ある」

友成の言葉に、二人が注目した。

「日滝藩の家中に五人ほど気に食わぬ奴らがいる。いずれもおれのことをよく思っていない連中だ。奴らがいるために藩邸へ行くこともままならぬ。おん殿忠政殿にも会

えぬ。おいおいな、そ奴らを消し去って貰いたい」

「よかろう」

伊藤が言えば、土屋もうなずいて、

「お主のためならいくらでも力を貸すぞ。伊藤よ、どうやらおれたちは金の成る木を探り当てたようだな」

「おいおい、友成の前でそう露骨なことを申すな。ともかくこいつとの仲は未来永劫《みらいえいごう》つづくということだ」

「酒盛りでもせぬか」

友成の提案に、二人とも異存はなく、

「女を呼んで酒肴《しゅこう》の膳を整えさせろ」

土屋が言った。

「いや、そうもゆかんのだ」

「なぜだ。若い女を置いているのであろう」

「置いてはいるが、今は塞がっている」

「塞がっているだと？　意味がわからんな、どういうことだ」

土屋が不審顔で問うた。

それには答えず、友成は立って隣室へ行くと、酒徳利と塗椀《ぬりわん》（ぐい飲み）を三つ持って来た。

友成はそれを並べ、酒を注いでいく。

そして三人が酒を飲み始めた頃、奥の方からお絹の啜り泣く声が聞こえてきた。

土屋と伊藤はハッとした顔で見交わし合うが、友成は無表情でいる。

「おい、友成、そういうことなのか。つまり殿がまた……」

土屋が恐る恐る聞くと、友成は無表情のままで、

「つまり殿が若い牝をご寵愛《ちょうあい》なされているのだ」

二人は黙り込んだ。

「妙な顔をするな。国表より繰り返されていることではないか。おれの妻も含め、殿のお眼鏡《めがね》に適《かな》ったのだから幸せな女たちではないか」

伊藤が暗い顔になり、

「そうは言うがな、罪のない女たちの生贄《いけにえ》は不憫が過ぎるぞ。これまで何人の女が犠牲にされてきたか。そのうち逆らった三人は斬り殺されている。弟君がお兄上に愛想づかしをなされるのも無理はないぞ」

「聞きたくないな、殿への誹謗《ひぼう》は」

はねつけるような友成の言い方に、二人は鼻白んだ。

その時、廊下を誰かがズカズカとやって来た。

三人が訝《いぶか》しげな視線を交わしていると、陣内が障子を開けてぬうっと図々しい顔を覗かせた。

この時の陣内は同心の定服姿ではなく、黒の着流しに黒羽織を身にまとった姿だから、身分がわからない。

「あらっ、部屋間違えちゃったかな。いやいや、そうじゃねえんだ。ここでいいんだよ。馬鹿が三人雁首《がんくび》揃えてんだろ。そいでもって先々の悪い相談なんかしちゃってさ。女が助けを求めてんのに知らん顔だもんねえ。何暢気《のんき》に酒盛りやってんだよ。このうつけ、ド阿呆《あほ》、馬鹿、間抜け、短小」

おちゃらけを言いながら、陣内が勢いよく障子を開け放ち、腰をやや落として刀の柄《つか》を握りしめた。

その構えは田宮流抜刀術《たみやりゆうばっとうじゅつ》で、これはひとたび抜刀すれば瞬時にして何人もの敵を斬り伏せる居合術で、始祖は田宮平兵衛《へいべえ》という慶長《けいちょう》の頃の人だ。

友成、土屋、伊藤がすばやく刀を引き寄せて腰に差し、鯉口《こいぐち》を切って抜刀した。

張り詰めた空気がみなぎる。

陣内は腰を落としているから、まるで這うような姿勢に見えて不気味である。

「やっ」

「とおっ」

土屋と伊藤が同時に陣内に斬りつけた。

陣内の刀が鞘走《さやばし》り、土屋の横胴を払い、伊藤の脳天から斬り下ろした。二人があっという間に血達磨《ちだるま》となって悶絶する。

そして陣内はすかさず剣先を友成に向け、ズンズン突き進んだ。

友成が狼狽を浮かべ、後ずさる。

「てめえ、よくも初糸ちゃんをやってくれたじゃねえか。命乞いしたって赦《ゆる》さねえぞ」

「ほざくな、黙れ」

友成が猛然と突進すると、陣内の刀が一閃した。

「ぐわっ」

喉元を切り裂かれ、大量の血を噴出させて友成が崩れ落ちた。ひくひくと躰を痙攣《けいれん》させていたが、やがて絶命する。

「旦那」

庭先から池之介の声がした。

陣内がふり返ると、そこにぐったりしたお絹を背負った池之介と、そして左母次が突っ立っていた。

左母次はすぐに駆け上がって来て、三人の死を一人ずつ確かめておき、

「旦那、有難うござんす、有難うござんす」

重ねて礼を言い、ひれ伏した。

陣内が屈んで左母次の肩に手をやり、

「残念だったな、初糸はよ。天涯孤独だってえから、みんなで墓建ててやろうな」

「へい」

「おい、池、馬鹿殿はどうした」

「さあ、一発ぶん殴ったら泡吹いてすっ倒れちまったんで、そのままにしてきました」

「それでいい、変人は放っとこうぜ」

「ええ」

三人が行きかかると、奥から異様な呻き声が上がった。

「なんだ、おはようの挨拶にゃまだ早えんじゃねえのか」

陣内が二人をそこへ残し、奥へ急ぎ、見に行った。

座敷牢のなかで一虎が発作を起こし、苦しんでいた。

「おい、この狒々《ひひ》爺《じじ》い、往生際が悪いぞ、おめえ」

「くうっ……かあっ……にえっ……」

一虎はわけのわからないことを口走っていたが、やがてがくっと畳に突っ伏し、それきり動かなくなった。

「なんだよ、ご臨終かあ。おめえさん、けだものみてえな一生だったよなあ。あの世でちゃんと罪の償《つぐな》いしなさいよ。悪い背後霊追っ払ってね。ナンマイダブナンマイダブ」

一応は拝んでやり、陣内はさっさと座敷牢を後にした。そして廊下を戻りながら、

「ブルブルッ、今宵も冷えるねえ。早えとこあったけえ酒飲まなくちゃいけませんよね」

首をすくめ、白絹《しらぎぬ》の襟巻《えりまき》を巻きつけた。

第三話　鬼花火《おにはなび》

一

日本橋本石町三丁目《にほんばしほんこくちょう》にある翁屋《おきなや》という料理屋は、れっきとした高級店で、日暮れともなると富裕な商人層や武家階級、果ては文人墨客《ぶんじんぼっかく》までが集まり、垢抜《あかぬ》けて贅《ぜい》を尽くした割烹《かっぽう》に舌鼓《したつづみ》を打つ。

店の造りも総檜《そうひのき》ときているので、申し分がないのである。

しかし賑わうのは夜ばかりで、昼の飲食はさっぱりだから、そこで店側があれこれ知恵を搾《しぼ》り、昼用に茶飯料理を考えついた。

世は十一代家斉《いえなり》の時代であり、消費が大いに歓迎され、庶民的な文化や娯楽を謳歌《おうか》する文化《ぶんか》年間ゆえ、料理の世界もまた爛熟期《らんじゅくき》を迎えていたのだ。

茶飯料理の献立は、牡蠣飯《かきめし》、山吹飯《やまぶきめし》、濃州《のうしゅう》名物干し大根飯、干鱈飯《ひだらめし》、蛍飯《ほたるめし》、蕎麦飯《そばめし》、利休飯《りきゅうめし》等々、十種類にも及び、そのどれにも蜆《しじみ》の味噌汁《みそしる》と沢庵《たくわん》がつく。

まさに今でいうランチで、これが当たりを取り、翁屋は昼でも押すな押すなの大盛況となった。

それでめでたしになるはずが、二月初午《はつうま》の日に、翁屋にとってはまったくめでたくない事件が起こったのである。


その三人の若者は、昼を迎える少し前に翁屋へ現れた。まだその時は満室ではなかったのだ。

若者たちは二十代の前半かと思われ、どこにでもいる月並な町人体で、髪月代《かみさかやき》をきれいに剃《そ》って身だしなみも悪くないから、女将《おかみ》は招き入れようとした。ところがそこで難色を示すことになった。

しんがりの若者が、葛籠《つづら》を背負っていたからだ。

その縦長の竹で編んだ葛籠は、しゃがんだ人一人が入れるほどの大きさで、女将はなんとなくうさん臭いものを感じたのだ。

「ちょっと、おまえさん、そんなもの店に入れて貰っちゃ困るよ。まさか仏さんが入ってるんじゃないだろうね」

女将が言うと、先頭にいた千吉《せんきち》が、おれたちは竹細工屋の者で、これから室町《むろまち》まで新品のこいつを届けるところで、葛籠のなかは空だと言い、

「女将さん、迷惑はわかってるけど、ここの茶飯料理がどうしても食いたかったんだよ」

そう言われて拝まれもしたから、女将も無下には断れなくなり、葛籠は人目につかない裏手にでも置いといとくれ、しょうがないねえまったくと言って入店を許可した。高級店だから高飛車《たかびしゃ》なのである。

葛籠を背負った若者力松《りきまつ》は言われた通りに裏手にそれを置き、それから店へ戻って奥の小部屋で二人に合流した。

高級店ゆえ、店土間に床几《しょうぎ》を並べて食わせるようなことはせず、どの客も小座敷へ案内するようになっていた。

三人は千吉、力松、そしてもう一人を与八《よはち》といった。

千吉は二十三になり、よく見れば細面《ほそおもて》で切れ長の目をして鼻も高く、いい男の部類に入るのである。与八は千吉より一つ下で、目の垂れた意思の弱い面相をしている。力松は二十を出たばかりで一番若いが、年よりも老けて見え、色黒で頑丈《がんじょう》そうな躰つきだ。

小座敷に入るなり狸顔《たぬきがお》の若い女中が注文を聞きに来たので、千吉は牡蠣飯、与八は蕎麦飯、力松は利休飯を頼んだ。

初めてなのでわからないから、与八が説明を求めると、女中は立て板に水で、

「牡蠣飯というのは、炊《た》き上がるちょっと前の飯に牡蠣を入れて蒸《む》らすんです。それにすまし汁をかけて、大根おろしと柚子《ゆず》の千切りを載せて食べます。蕎麦飯は米と麦蕎麦を合わせて炊きまして、吸い物加減によって濃いめの出汁《だし》をかけます。薬味には晒《さら》し葱《ねぎ》を使いますね。利休飯はほうじ茶を炊き水にして飯を炊きまして、吸い物より少し薄めの味つけの出汁をかけ、茗荷《みょうが》と海苔《のり》を載せます。それで皆さん、おいしく召し上がって下さいますよ」

紋切り型にそう言い、要するにどれも茶漬ですから、お代りはいくらでも言って下さいねと重ねて言い、女中は忙しそうに去って行った。

すると――。

とたんに三人は尋常な若者の仮面をかなぐり捨て、含んだ目でギラギラと見交わし合ったのである。

頭目は千吉で、後の二人は手下なのだ。

昼を少し過ぎる頃、翁屋へ富裕層らしき常連の一行が到着した。

内神田《うちかんだ》元乗物町《もとのりものちょう》の蠟燭問屋《ろうそくどんや》今利屋《いまりや》の娘お菊《きく》、お付きの婆やお辰《たつ》、女中お品《しな》、小僧梅《うめ》

六《ろく》である。

一行が来るのは三日に一度と決まっているから、女将を始め、店の者たちは下へも置かぬ歓迎ぶりで、いつもの奥まった定席へ通した。

女将みずからが注文を聞きに行くと、お菊は牡蠣飯、お辰は山吹飯、お品は濃州名物干し大根飯、梅六は干鱈飯を頼んだ。

山吹飯は、飯に固茹《かたゆ》でして裏漉《うらご》しした玉子の黄身と、芹《せり》の微塵《みじん》切りを載せ、吸い物加減の出汁をかけたものだ。濃州名物干し大根飯は、炊き上がる前の飯に、戻した割干し大根を置き、十分に蒸らした上で薄めの味噌汁をかけ、とろろ昆布《こんぶ》を載せる。干鱈飯は、戻した干し鱈を焼き、ほぐして飯に載せ、薄めの出汁をかける。さらにそれに薄焼き玉子の千切りと、三つ葉の微塵切りを載せたものだ。

「ああ、おいしい、本当においしいわ」

お菊が至福の声で言い、盲人とは思えぬ達者な箸使《はしづか》いで牡蠣飯を口に運ぶ。

玉子形のきれいな輪郭《りんかく》に鼻筋通り、色白の頬はふっくらしてとても二十三には見えず、お菊はどこか幼げなのである。黒目勝ちな瞳はぱっちりして、一見目明きのように見えた。

大店《おおだな》のお嬢様らしく身装《みなり》は豪華で、竹に雀《すずめ》が描かれたふり袖に、帯は花鳥を染めた繻子《しゅす》で、髷《まげ》は娘島田《むすめしまだ》に結っている。花かんざしがきらびやかだ。

他に絹小袖を着ているのは六十のお辰だけで、二十一のお品と梅六は木綿《もめん》を着ている。

梅六は十になって成長著しいらしく、着物が小さくなって膝から下が出ている。

食べ終えるとお菊が厠《かわや》へと言い、お品がすぐに立って介添えに廻り、お菊の手を取って部屋を出て行った。

するとお辰が怕《こわ》い顔になって梅六の膝小僧をピシャリと叩き、「鼻、汚い」と言って鼻紙を突き出した。


お品を廊下へ待たせ、お菊は厠へ入った。

そして着物の前を弛め、まくろうとしてハッとなった。背後に人が立っている気配がしたのだ。そのとたん、千吉がお菊の口を手で塞いで悲鳴を封じた。

お品が廊下に立っているところへ、与八と力松がやって来てお品の前で喧嘩《けんか》を始めた。

「この野郎、もう一遍言ってみろ」

力松が嚙《か》みつくと、与八は細い腕をまくり上げ、

「ああ、何遍でも言ってやらあ。おめえは口ばかりでヘボの間抜けじゃねえか」

「おれのどこが間抜けなんだ、言ってみろ」

「どこもかしこもだ、間抜けが着物着て歩いてんだよ。このうつけが」

与八がとび上がって力松の頭をひっぱたくと、

「やりやがったな、この野郎」

力松は力に任せて与八の首を絞める。

与八は顔を真っ赤にし、クラクラ目が廻りそうになった。

（本気でやる馬鹿いるかよ）

腹のなかで力松のことを呪《のろ》った。

「ちょっと、おやめったら。こんな所で揉めたらほかのお客さんに迷惑じゃないか。何があったってのさ」

お品が見かねて止めに入ると、力松が「うるせえ、おかちめんこが」と言って突きとばした。

お品はひっくり返って逆上し、「おかちめんことはなんだい、こんな別嬪《べっぴん》つかまえて」と言い、力松にとびかかった。

それで三《み》つ巴《どもえ》の悶着《もんちゃく》となった。

その隙に——。

千吉が手拭いで猿轡《さるぐつわ》を嚙ませたお菊を厠から連れ出して来て、共に庭先へとび降り、すばやく消え去った。

二

勾引《かどわ》かしの脅し文には、こうあった。

『むすめ菊はあずかった　本所林町《ほんじよはやしちよう》一丁目彌勒寺《みろくじ》けいだい　浅草瓦町大円寺《あさくさかわらまちだいえんじ》けいだい　深川寺町法乗院閻魔堂《ふかがわてらまちほうじよういんえんまどう》　三つの寺にそれぞれ五百両　こよいくれ六つ（午後六時）までにもってこい　もってくるのは小僧だ　したがわないと菊は息をしなくなる』

「ふざけやがって」

脅し文を読むなり、野火《のび》陣内《じんない》は吐き捨てるように言い、

「けど、なんだって三つの寺なんだ……」

つぶやき、考え込んだ。

元乗物町にある蠟燭問屋今利屋の奥の間で、陣内の前には主《あるじ》の市郎兵衛《いちろべえ》、番頭福助《ふくすけ》、それに翁屋に同行したお辰、お品、梅六が小さくなって座っていた。

「この投げ文はいつ届いたんだ」

陣内の問いに、初老の福助が答えて、

「翁屋でお嬢様がいなくなりまして、大騒ぎのてんてこまいをしている時、店土間に投げ込まれてあったようなんでございます。それを手代が見つけまして、あたくしに」

「誰も変な奴は見てねえのかい」

「はい、店の者たちに聞いて廻りましたが、怪しい奴は一人も」

瘦《や》せて小柄な福助は、自分の責任でもあるかのように青褪《あおざ》めた顔になり、途方にくれている様子が窺《うかが》える。

四十五の市郎兵衛も憔悴《しょうすい》しきった様子だったが、どうしてよいかわからぬままに感情が激してきて、恰幅《かっぷく》のいい躰を突如怒りで震わせ、

「おまえたちはなんのためにお菊の供をしていたんだ。翁屋の茶飯料理をたらふく食らって、お菊のことなんか忘れていたんじゃないのか」

雷が落ちたので、お辰とお品が大慌てとなり、懸命に言い訳をしてひれ伏した。梅六は鼻くそをほじくっていてそうしないから、お辰が頭を押さえつけて詫びさせる。

「野火様、あたしはどうしたらいいのか、なんとかして下さいまし」

市郎兵衛は陣内に懇願《こんがん》し、

「実はお菊はふつうの娘じゃございません。目が不自由なんです」

「えっ、そうだったのかい。そいつぁなんとも……」

陣内が表情を曇らせる。

「お菊は十二の時に目を患《わずら》いまして、ずっと今日まで。ですんで折角《せっかく》の娘盛りなのに、あの子の春は闇に閉ざされちまったままなんですよ。しかも母親とは五年前に死に別れまして、本当にあれは可哀相な娘なんでございます」

嗚咽《おえつ》がこみ上げ、手拭いで目頭を拭って、

「野火様、金は幾らでも出しますんで、どうか娘を返してやって下さいまし。この通り、後生ですから」

市郎兵衛が叩頭《こうとう》した。

陣内は思わず苦笑して、

「待ってくれ、大旦那さんよ、おいら下手人《げしゅにん》じゃねえんだから、けえしてくれって言われても」

「あ、いえ、そういうつもりでは」

陣内はお品に目を転じて、

「おめえは厠のめえでお嬢さんを待っていたんだな」

「はい」

「そこへ若えのが二人来て喧嘩ンなった」

お品がうなずき、

「喧嘩がおっ始まったんで、あたしが止めに入ったら突きとばされまして、腹が立ったんで向かってったんです。人のことをおかちめんこだなんて言いましてね。そうするうちに店の人たちが駆けつけて来て、二人組はどっかへ行っちまいました。その時お嬢様がまだ厠にいると思って、声を掛けましたがお返事がなくて、戸を開けたらもぬけのからだったんですよ。それからなんです、大騒ぎになったのは」

「臭えな」

「あそこの厠ですか」

「そいつらだよ」

「ああ、ははは……でも実直そうな堅気《かたぎ》の衆に見えましたけどねえ。一人は頼りなくて吹けば飛ぶようで、もう一人は色の黒い躰の大きい人でした。そいつがあたしを突きとばした張本人なんです。でもまさかあの二人が勾引かしに関わってるなんて」

そこへ騒々しい足音が聞こえ、左母次《さもじ》と池之介《いけのすけ》が入って来た。

二人は市郎兵衛たちに頭を下げておき、

「旦那、おおよそのことが」

左母次が陣内に向かって言い、

「お嬢さんが来るちょいとめえに、翁屋に若え野郎の三人組が客でへえったらしいんで。ところが一人が葛籠を背負ってたんで、女将が気色悪いんで断ろうとすると、どうしても茶飯料理が食いてえと、無理に頼み込んで店に上がったらしいんでさ」

その後を池之介が継いで、

「そのちょっと後にお嬢さんの一行が来て、若え二人が見せかけの喧嘩を始め、その隙にもう一人の方がお嬢さんを拉致《らち》したと、どうもそういう筋書きのようなんですよ」

「ええっ、そうだったんですか」

お品が言ってのけ反るようにして驚く。

「葛籠はどうしたんだ」

陣内が左母次に聞く。

「女将に言われて店の裏手に置いたそうなんで。騒ぎが始まる頃にゃ、三人組も葛籠も消えてたという話でさ」

陣内が不敵な笑みで、

「わかったぞ。こいつぁハナっから仕組みやがったな。間違いねえ。そいでもって葛籠ンなかにお嬢さんを入れて連れ去ったんだぜ」

そこへ手代数人が緊張の面持ちで来て、五百両の入った三つの布袋を、市郎兵衛の前へ揃えて置いた。

「大旦那様、身代金の用意ができました。三つで千五百両でございます」

手代の一人が言った。

それに重々しくうなずく市郎兵衛に、福助が言う。

「金を持って行く小僧は誰と誰にしますか」

市郎兵衛は陣内の手から「ちょっとそいつを」と言って脅し文を返して貰い、改めて目を通して「うむむ」と唸り、

「本所の彌勒寺は松助《まつすけ》だ。あれはしっかりしている。浅草の大円寺は貞吉《さだきち》がいい。それから、深川は……」

ギロリと梅六を見て、

「梅六、おまえにできるか」

梅六は慌てて鼻くそを畳になすりつけ、

「あ、へえ」

「なんだ、おまえ、頼りない奴だな。お品、ほかにいないか」

「大勢いるじゃございませんか。金太《きんた》に玉吉《たまきち》に、後は……なんせ大旦那様、うちは小僧だけでも二十人いるんですから」

「うむ……まあいい、深川は後で考えるとしよう」

その時、七つ（午後四時）を告げる鐘の音が陰々滅々《いんいんめつめつ》と聞こえてきた。

陣内がピンと表情を引き締めた。

身代金引き渡しまで、あと一刻（二時間）に迫っていた。

三

柱に縛りつけられたお菊の顔を、与八と力松が不思議な生き物でも見るようにして覗き込んでいる。

千吉はその様子を向こうから眺めている。

そこは家具調度の揃ったしもたやで、勾引かしのために千吉たちが借り受けた家のようだ。

与八がお菊の目の前でヒラヒラと手をふるが、瞬《まばた》きをしないので、

「あれえ、本当にこのお嬢さん、目が見えねえんだな。可哀相によう」

それには力松も納得で、

「おれも初めはまさかと思ったけど、どうやら本物みてえだ」

「それにしてもすべすべしてきれいな肌してるよなあ。さぞ毎日うめえもん食ってんだろうなあ」

「うんうん、この人は極上の別嬪だよ。目さえ見えりゃあ言うことねえのさ」

二人が指先で、遠慮がちにそっとお菊の頰に触れた。

お菊はつらそうにうつむく。

「おい、その人に構うんじゃねえ。こっちへ来てろ」

千吉に言われ、二人はお菊から離れると、所在なく座敷の隅で花札を打ち始めた。

すると千吉が茶を淹《い》れ、お菊のそばへ持って来た。

「喉《のど》が渇いたろう」

お菊は少しためらい、千吉の方へ顔を向けてコクッとうなずく。

千吉が湯吞みをお菊の顔の近くへ持ってゆき、こぼさないように慎重に飲ませてやる。

お菊は喉を鳴らせて茶を飲む。

「熱くねえか」

お菊はかぶりをふる。

「すまねえな、こんなことして」

千吉が間近でお菊を見ながら言った。

「帰してくれますか」

お菊が澄んだきれいな声で言った。彼らが兇暴ではないから恐怖感が薄いのか、存外に落ち着いているように見える。

「むろんけえすさ。おめえさんにゃ指一本触れねえよ。あ、さっきあの二人が触ったけどありゃなしだ」

お菊がやや安堵《あんど》を浮かべた。

「勾引かしをするに際しちゃ、よくよく調べたんだぜ。おめえさん、お辰って婆やにいつも本を読んで貰ってるよな」

お菊が小さくうなずく。

「本好きなのか」

「ええ」

「何が面白え」

お菊は少し考えて、

「今は源氏《げんじ》物語《ものがたり》です」

「知らねえな」

「光源氏様の恋物語ですよ」

「へえ、そうかい」

千吉は関心なささそうに言い、

「それでおめえさんはひと月めえから、本石町の翁屋を贔屓《ひいき》にし始めたんだよな」

「おいしいんですよ、あそこの茶飯が」

人質にされているのを忘れたかのように、お菊が素直に言う。

「おれもさっき初めて食ったぜ」

「何を食べましたか」

「牡蠣飯だよ」

お菊がやや表情を明るくして、

「わたしも牡蠣飯が大好きなんです」

「あの牡蠣の味がたまらねえな。もっともさっきはおめえさんを勾引かさなきゃいけなかったから、とてもそれどこじゃなくて、ろくに味はわからなかったけどよ」

「すまし汁も結構ですし、大根おろしと柚子の千切りがまたあれによく合ってるんです」

「本当だよな」

「わたし、ほかに蜆飯というのも好きなんです」

「そりゃ何がへえってる、どんな味なんだ」

「わたしがお店の女将さんに聞いたところによりますと、蜆の剝き身《むみ》をお酒で煮まして、それを漉《こ》した煮汁と水でご飯を炊くそうなんです」

「するってえと何か、醤油味《しょうゆあじ》なのか」

「ええ、醤油味です」

「そうなると蜆の身を酒と醤油で合わせるんだな」

「そうですそうです。それに鰹節《かつおぶし》をからめてご飯に混ぜます」

「鰹節かあ……嫌えなんだよなあ、おれ」

「どうしてですか」

「わけなんかねえさ、嫌えなものは嫌えなんだからしょうがあるめえ」

「まっ、変わった人ですね。わたしはあの香り好きですよ」

「あ、そうかい」

話が弾んできた。

「それ聞いてるとよ、またあそこへ」

そう言いかけたものの、千吉は現実に戻ったようになり、ふっと自嘲して、

「おっと、そうはいかねえよな。おれぁ勾引かしの下手人で、おめえさんは人質なんだ。この先二人で一緒に飯食うなんてありえねえや」

「……残念ですね」

「えっ？　今なんてった」

「残念だって」

千吉は苦笑を浮かべ、

「よせよ。人質のおめえさんにそんなふうに言われると妙な気分だぜ」

「どうしてこんなことをしたんですか」

不意に真剣な声になって、お菊が言った。

「ど、どうしてって言われても……」

千吉が言い淀む。

「お金ですか」

「そうだ、金は欲しい。欲しいけどそれだけじゃねえ」

「お金のほかに、まだ何か？」

「そうなんだけどよ、そのう、なんつったらいいのか」

もどかしい顔の千吉だ。

「わけがわかりません、これは遊びじゃないんでしょ。おまえさん、捕まったら重い罪になるんですよ」

「わかってるよ」

「愚かだと思いませんか」

千吉がキッとお菊を見た。

だがお菊は抗議をしているつもりはないらしく、邪心のない表情でいる。

「重々承知の上だぜ」

「だったら……」

お菊は肩を落とし、溜息をついて、

「わたし、言いませんから」

「な、なに？」

「帰されても、おまえさん方のことは言いません。だって目が見えないんですから、顔を知るわけが」

今度は千吉が溜息をつき、

「驚いたな、おめえさん、人質らしくねえ人質だ。騒ぎもしねえし泣きも見せねえ。腹が据わってるみてえに思えるぜ」

「怖いものないんです、わたし」

「なんで」

「目が見えなくなってから、何も怖くなくなったんです。残されたのは命だけですけど、それも持ってゆくのならどうぞって、そう思うように」

「ちょっと待てよ、どうぞって、誰に言ってるんだい」

「神様です」

「……そこかよ」

「身代金、手に入るといいですね」

千吉が急に目を輝かせ、

「おめえさんもそう思うか。おれもそこに力を入れてるのさ」

「力を？　よくわかりませんけど」

お菊は怪訝《けげん》な顔になる。

「そもそもよ、そこが面白えと思ってこいつを考えついたんだ。のるかそるか、わくわくするじゃねえか」

どうやらそこに千吉の本音があるようだ。

「おまえさんのような人、初めてです」

「呆れてものが言えねえか」

「こんな形でなく、別の所でお会いしたかったです」

「……」

千吉が黙り込んだので、そこが見えない悲しさで、お菊はとたんに不安になってきて、

「どうしましたか。わたし、何か変なこと言いましたか」

「参ったな」

「えっ？」

「いいんだ、なんでもねえよ」

与八と力松が花札をやめ、立って来た。

外はうす暗くなってきていた。

「兄貴、お楽しみ中のところをなんだけど」

与八が言うのへ、千吉はムッとして、

「楽しんでなんかいねえよ、何馬鹿なこと言ってんだ」

「うへへ、そう見えたもんで。そろそろ行かねえと、刻限が」

「よし、わかった」

するとカ松はみずからを鼓舞《こぶ》するようにして厚い胸板を叩き、

「吉と出るか兇と出るか、やったろうじゃねえか」

「それじゃ、手筈《てはず》通りにいいな」

千吉の言葉に、二人が真顔でうなずいた。

「お嬢さん、一緒に来てくれ」

千吉が耳許で言い、お菊はハッと緊張の顔を上げた。

「帰れるんですか、わたし」

「そうだよ、怖え思いさしちまってすまなかったな」

あくまでお菊にやさしい千吉なのである。

四

本所林町の彌勒寺の境内《けいだい》に、今利屋小僧の松助がぽつんと突っ立っていた。手には五百両の入った布袋を大事そうに抱えている。

薄暮の境内に人影はなく、蝙蝠《こうもり》だけが飛び交っている。

松助は梅六とおなじような年頃で、心細い目で不安に辺りを見廻している。

だが——。

人影がないように見せて、実は周囲には何十人という町方同心や捕吏《ほり》が身を潜めているのだ。

勾引かしという大事件だから、陣笠を被った母里主水《もりもんど》も出張って来ていて、繁みに陣内と共にうずくまっている。

「これ、野火」

周りに捕吏たちの耳があるから、母里は今日ばかりはさすがに謹厳な与力の態度を取って、

「わしはまだよく事態が呑み込めておらんのだが、身代金引き渡しの場所が何ゆえ三ヶ所に散らばっているのだ」

「それはですな、それがしが考えまするに、恐らくめくらましではないかと」

「めくらましだと？　では捕物の攪乱《かくらん》を狙ってということか」

「御意《ぎょい》。下手人どもが人質を連れて現れるのは三ヶ所のうちのどれか一つ、あとの二ヶ所は囮《おとり》ではあるまいかと思うのです。若造どもですから、三ヶ所を同時に襲うほどの度胸はないものと」

「なるほど」

すると母里は急に声をひそめ、いつものおかま口調になって、

「だったら本命はどこなのよ。見当つかないの」

「まったくつきません」

「それじゃ一味の狙いは五百両だけ？　千五百両をぶん取るつもりはないのね」

「はっ、それがしの推測では」

「困っちゃうわねえ。こっちだってどこに狙いをつけたらいいかわからないじゃないの」

「ではここはお任せして、それがしは浅草へ廻ります」

「うむ、確《しか》と頼むぞ、野火」

母里が与力口調に戻って言った。

「はっ」

陣内が母里から離れてすばやく見廻すと、それと察した左母次が寄って来た。襷掛《たすきが》けをし、六尺棒を携《たずさ》えた捕物姿になっている。

「おれぁ大円寺の方へ廻るぜ」

左母次はうなずいておき、

「人質のお嬢さん、でえ丈夫なんでかね、旦那」

「しんぺえだよなあ。お菊にもしなんかあったら、おれぁ承知しねえぜ」

「へえ」

「ちょっとでもおかしな奴が来たらよ、とっ捕めえて構わねえからな」

「わかってやす」

陣内は足音を忍ばせるようにし、繁み伝いに消えた。


そうして陣内が浅草瓦町の大円寺にやって来ると、そこでも今利屋小僧貞吉が暗い境内で不安そうに立っていた。五百両入りの布袋を抱えているのは松助とおなじだ。不審者などがいないのを確かめておき、陣内は暗がりを縫って見廻って行く。ここも同心や捕吏の一団がびっしり張り込んでいる。

そのなかに池之介がいて、陣内は寄って行くと、

「どうでえ」

池之介は笑みを見せて、

「変わったことはありませんね。旦那のご推測通り、ここはめくらましかも知れませんね」

池之介は鉢巻《はちまき》をして六尺棒を持っている。

「どうでしたか、本所は」

「こことおんなじよ」

「じゃ、本命は深川なんでしょうか」

「これから行ってみらあ」

その時、暮れ六つの鐘が鳴り始めた。

陣内は瓦町から浅草橋まで急ぎ、河岸へ辿《たど》り着いた。

そこに一艘《いっそう》の川舟が手筈通りに待機していて、奉行所小者が二人、陣内を待っていた。

「おっ、すまねえすまねえ。急いでくんな」

陣内が飛び乗るや、舟はすぐに岸を離れ、神田川から大川めざして漕《こ》ぎだした。

五

脅し文に法乗院閻魔堂と下手人の指定があったから、梅六は真っ暗なそのなかで寒さに縮こまりながら五百両入りの布袋を股ぐらに挟み込み、ジッとしゃがんで待っていた。

閻魔堂は大きく、無人だから不気味で、閻魔様が怖くて見たくないので、梅六は頑《かたくな》に背を向けている。

それは魔物のように怖ろしい顔で、梅六を見下ろしてそそり立っているのだ。

その時、天窓から差し込む月光が、梅六の目の前を走る一匹の黒々と肥った鼠《ねずみ》を照らしだした。

「こん畜生め」

つかもうとすると鼠はすばやく逃げ隠れ、梅六は這《は》って追いかけ、そこでまたつかみかけた。そのとたん、床から突き出た釘で手首を切ってしまった。

「あっ、痛え」

血が噴き出し、梅六は慌てる。

するとどこから入ったのか、梅六の背後にぬっと千吉が立った。紺の手拭いで頬被《ほっかむ》りをしている。

気配にふり向く梅六が、顔を強張《こわば》らせた。

「小僧、金を寄こしな」

「えっ、あっ」

梅六はまごつく。

千吉が梅六にとびかかり、金袋をぶん取った。

「声を立てるんじゃねえぞ」

そう言った千吉が、自分の手についた梅六の血に気づいた。

「怪我してんのか」

「どこだ、お嬢様は」

「炭小屋ンなかにいるよ。それよりおめえ」

千吉が梅六に屈み、手首を取って月明りに翳《かざ》して疵《きず》を見た。

「なんだ、どうってことねえや」

頬被りをスッと取り外し、千吉は梅六の手首を荒っぽい所作で縛ってやる。

梅六は間近で恐る恐る千吉を見ながら、

「下手人のくせに親切だな」

「うるせえ」

千吉が梅六の頭を軽くひっぱたき、金袋を抱えて閻魔像の裏へ姿を消した。

「あんな所に抜け道があったのかよ」

梅六がつぶやいたその時、表でつづけざまに火薬が炸裂《さくれつ》する凄まじい音がした。

驚いた梅六が何事かと戸口へ走り、戸の隙間から覗いた。

あちこちから爆竹が火を噴いて投げられ、張り込んでいた同心や捕吏たちが大慌てで右往左往している。その間を縫って、頬被りで面体を隠した与八と力松が駆けずり廻り、爆竹を投げている。千吉を逃がすための攪乱作戦なのだ。

「やっ、こうしちゃいらんねえ」

梅六が戸を開けて表へとび出し、一目散に寺の炭小屋へ向かった。

炭小屋はかなり遠く、広い境内の外れにあり、梅六は役人たちの間を縫ってひた走る。

梅六に気づいた役人が、「おい、小僧、金はどうした」と聞いたが、何も言わずに梅六は走り去った。

ようやく炭小屋に辿り着いた梅六が、パッと戸を開け、

「お嬢様」

言ったあとにポカンとなった。

炭俵が積み上げられてあるだけで、お菊の姿などなかったのだ。

「騙《だま》しやがったな」

梅六が悔しい声を漏らした。

「キャッ」

どこかでお菊の悲鳴を聞いたような気がした。

走って来た千吉はひたっと歩を止め、耳を澄ました。

だがそれきり何も聞こえてこない。

「妙だな……」

不安がよぎった。

千吉は法乗院の敷地を抜け、隣接した陽岳寺《ようがくじ》の境内にいた。

気のせいか、と思った。

お菊の存在が千吉の心をかなりの部分占めていたから、風の音さえ彼女の悲鳴に聞こえたのか。

お菊は法乗院の炭小屋へ置き、解放してきたので、今頃はさっきの小僧によって発見されているはずだ。千吉はそれでいいと思っていた。

あんな清らかで混じり気のない娘とは、所詮《しょせん》住む世界が違うのだ。もう逢うこともないだろう。

お菊が言っていたように、もし別の場所で出逢っていたなら、あるいは千吉は純粋な気持ちを捧げていたかも知れない。純情を捧げるに、十分値打ちのある娘だと思っている。

しかし勾引かしの下手人と人質では、出逢い方が間違っていたのだ。その関係は消えないのである。

お菊を手放したとたん、千吉の心にぽっかり空洞ができた。それはこの先も埋められまい。

お菊を勾引かすと決めてからひと月余、彼女を見張ってその生活ぶりなどを観察していたが、その時は遠くから見ていたせいで、千吉の胸にさして響くものはなかった。

あの家へ勾引かしてきて、埒《らち》もない束《つか》の間《ま》の会話を交わしながら千吉の胸は弾んだ。

若い娘とあんな楽しい時を過ごしたことは、これまでなかったのだ。

お菊が盲人であったり、大店の娘であることなどは一切関係なく、千吉は彼女といつまでも一緒にいたかった。

それが偽らざる気持ちで、こうして離れてみると、お菊への熱い思いは以前よりも増していた。

（畜生、畜生……）

心で泣いている千吉なのだ。

陽岳寺の山門を抜けて河岸へ踏み出し、千吉は富岡橋《とみおかばし》へ向かいかけ、そこで何かに蹴つまずいた。

その橋の袂《たもと》で与八、力松と落ち合う手筈だったのだ。

驚いて覗くと、そこに男が倒れていた。藍微塵《あいみじん》の袷《あわせ》に見覚えがあった。まさかと思って屈み、その顔をこっちへ向けるとそれは与八だった。胸を刃物でひと突きにされ、血に染まっている。

「与八……」

愕然《がくぜん》となって見廻すと、堀に落ちそうになってもう一人、男の大きな躰が突っ伏していた。駆け寄って顔を確かめる。やはり力松だった。こっちは腹を刺されていて、二人ともすでに息絶えていた。

（いってえ誰が……）

烈《はげ》しい疑惑が突き上げ、予想もしないことだけに千吉は混乱した。誰の仕業《しわざ》なのか、思い当たらなかった。

ではお菊は果たして無事に救出されたのだろうか。

気にかかり、千吉は道を取って返そうとした。

その前に陣内の黒い影がとび出して来た。

「お若いの、お待ちなせえ」

千吉が息を呑み、後ずさる。

陣内はすばやくその場の状況をつかんで、

「てめえ、仲間を手に掛けてズラかるつもりか」

「違う、おれじゃねえ」

「ふざけるな。そこに抱えてるな五百両入りの金袋だろ。動かぬ証拠じゃねえか。違うと言うなら中身を見せてみろ」

「くそったれ」

金袋を放り投げ、千吉がダッと逃げた。

すかさず陣内が追いかけ、十手《じって》で肩先を強《したた》かに打撃した。

「うっ」と呻いてうずくまる千吉に、陣内がとびついて組み敷き、手早く縄を打った。

「どこの誰なんだ、てめえは。よくぞ天下の大罪を犯してくれたなあ」

「おれじゃねえって言ってるだろう」

「なんだと。往生際がよくねえな、てめえ。こんな時男は潔《いさぎよ》くするもんなんだぞ、この馬鹿たれが」

陣内が千吉に顔を近づけ、嚙みついた。

六

石抱き拷問《ごうもん》のための伊豆石《いずいし》が十枚重ねてあるのを見て、千吉はさすがに青くなった。これは特別に堅くて重い伊豆産の石で、長さ三尺（約九十一センチ）、幅一尺（約三十センチ）、厚さ三寸（約九センチ）、目方は十三貫（約四十九キロ）もあるのだ。

その横には十露盤《そろばん》責めの板が堆《うずたか》く積まれてある。これは三角に削った木材を五本並べ、三寸貫きへ打ちつけたものである。この三角板の上に座っただけでも、脛《すね》は痛くてたまらなくなるはずが、さらに膝の上に十三貫もの重量を乗せられるのだ。だから大抵の罪人は二、三枚積まれただけで音を上げ、罪を白状するという。

翌朝、陣内は、千吉を心胆寒《しんたんさむ》からしめるつもりで、小伝馬町牢屋敷《こでんまちようろうやしき》の穿鑿所《せんさくじよ》を見せ、さらに次には奥にある拷問蔵《ごうもんぐら》へと連れて行った。

拷問蔵は大牢《たいろう》の棟の向かい側、牢舎囲い土塀のそばにあり、二間（約三・六メートル）に二間半（約四・五メートル）の塗籠《ぬりこ》めの土蔵で、奥に四帖の座敷があり、残りはすべて白洲《しらす》となっている。

ここでは海老責《えびぜ》め、釣り責めなどが行われる。そのための太縄が無造作に置いてあり、それには罪人の古い血が黒く付着していた。

千吉を白洲に座らせると、陣内が笞《むち》を手に立ち、その左右に左母次と池之介が並んだ。

「ゆんべはよく眠れたかよ、お若えの」

からかうような口調で陣内が言い、

「ンなわけねえよな。二人も仲間を殺して、後で怖ろしくなって眠れなかったろ。化けて出なかったか」

「おれはやってねえ」

「じゃおめえは何をやったんだ」

「……」

「勾引かしをやったこた間違いねえんだろ」

「……」

「お嬢さんはどこやった、今利屋のひとり娘だよ」

千吉が鋭い目で陣内を見た。

「ほ、法乗院の炭小屋に……」

「おめえにそう言われて、小僧の梅六が行ってみたら誰もいなかったそうだぜ。おれっちも行ったけどおんなじだった。ひでえじゃねえか、お若えの。金だけ取ってどうして人質をけえさねえんだ」

「おれは知らねえ」

「まさかおめえ、人質をどうにかしちまったんじゃあるめえな。そうなのか、おい」

陣内は千吉の正面にしゃがみ込み、カッと睨《にら》みつけて、

「もう逃れようがねえんだ、自分のやったことを洗《あら》い浚《ざら》い喋《しゃべ》ってみろ」

「人質のことは知らねえ」

「信じられると思うか、そんなこと」

「知らねえものは言いようがねえだろう」

「この野郎、舐《な》めてんのか、おれを」

「……」

千吉は唇を固く引き結び、押し黙る。

「そうかい、そっちがそうならこっちだって容赦《ようしゃ》しねえからな」

陣内が諸肌脱《もろはだぬ》ぎになった。

左母次と池之介が心得て、無言で千吉に屈み、縄の上から着物の襟《えり》を弛めてひん剝き、背を晒した。

「いいか、今から鬼ンなるぞ。おれが怒ると鬼花火って言われてるんだ。意味わかる

か、おれにもわかんねぇや。ともかく鬼花火様の折檻《せっかん》の始まりだあ」

陣内が笞をふるい、千吉の背をつづけざまに打ちまくった。

その背がたちまちみみず腫《ば》れになって赤く染まり、千吉は身を震わせて痛みに耐えている。

「言わねえか、まだ言わねえのか」

千吉が苦しい息の下から、

「か、勾引かしは確かにおれたちが……けど知らねえ、お嬢さんのことは本当に知らねえんだ」

千吉は泪《なみだ》を滲《にじ》ませ、陣内へ訴える目を向けて、

「信じて下せえ」

言葉を改めて言った。

「お願えです」

「……」

拷問蔵を出て再び穿鑿所へ連れて来ると、陣内は千吉と向き合って座った。

陣内は吟味場の座敷から、千吉は砂利場へ引き据えられている。

ここでも左母次と池之介は千吉の左右に控えた。

「まずおめえの名めえから聞こうか」

「千吉です」

「親兄弟は」

「……」

「木の股から生まれてきたのか」

「身内はおりやせん」

「ふだん生業《なりわい》は何をやってるんだ」

「……」

「それも言えねえのか」

「ごろつきですよ」

「なんだと」

「ろくでなしなんです」

陣内は千吉の整った顔立ちを改めて眺め、

「そうは見えねえがな」

「仕事を持ってねえんですから、町のダニですよ」

「そのダニがよ、どうやって勾引かしを思いついた。てめえ一人の思案なのか、誰か後ろで糸引いてるんじゃねえのか」

「いませんよ、そんなもの」

「おめえの面見てるとどっかの若旦那みてえだけどよ、人別《にんべつ》は外れてんのか、身分は無宿《むしゅく》なのか」

「そうです、無宿です」

「仲間の名めえを言ってみろ」

「与八に力松です」

「どこで知り合った、いつからつき合ってるんだ」

「もうかれこれ、二、三年に。二人の詳しい素性についちゃあまり知らねえんで」

「そいつらも無宿なんだな」

「へえ」

「なんだ、ヤケに素直になったじゃねえか。金をぶん取ったらどうするつもりだった」

「パッと派手に散財して、憂《う》さ晴らしをしようかと」

「ふうん」

陣内は懐疑的な目だ。

「ほかに企《たくら》んでなんかいませんよ。町のダニの考えることですから、その程度です」

「千吉よ」

「へい」

「問題は今利屋のお嬢さんなんだよ。こいつがけえって来ねえとみんな困っちまうんだ」

「たぶん、ほかの悪い奴らが……」

「横取りしたってか」

千吉がうなずく。

「心当たりは」

「ねえです」

「じゃ消えちゃったんだ、お嬢さんは。てめえら何かしたんだろ。ヤらしいことをよ」

千吉はまっすぐな目を向けて、

「旦那、神に誓ってそれはねえです。指一本触れてませんから」

「……」

「おれだって心配してるんです。あの娘は目が見えねえから、一人じゃとても……ほかの奴らだったら何をされるか」

陣内が目顔で左母次と池之介を呼んだ。

「連れてけ」

そう言ったきり、腕組みして考え込んだ。

池之介が千吉を引っ立てて行く。

左母次は陣内に寄ると、

「旦那、おかしな話ですが、あの野郎が嘘を言ってるとは思えねえんですけど」

「そうなんだよ、ちゃんと話せばちゃんとした奴みてえなんだよなあ。だからお嬢さんに指一本触れてねえって話は信じてやるとしてだぜ、けどあいつにゃなんか秘密があるように思えてならねえのさ」

「どんな？」

「そいつがわかったら苦労しませんよ、左母ちゃん。こいつぁじっくりと……あ、そうもいかねえんだ。お嬢さんの行方がなあ……」

陣内が塞ぎ込んだ。

七

昼近くになり、陣内と左母次が店へ入って来るとすでに客で立て込んでいたが、古《ふる》馴染《なじ》みの亭主がすぐに二人を奥の小部屋へ案内してくれた。

西紺屋町《にしこんやちょう》にある老舗《しにせ》の蕎麦屋《そばや》で、堀を挟んで数寄屋橋《すきやばし》がよく見え、その向こうに南町奉行所の門が威容を誇ってそびえ立っている。

門は番所櫓《ばんしょやぐら》のついた黒渋塗《くろしぶぬ》りで、下見板張りの長屋門《ながやもん》である。こうした立派な長屋門は国持ち大名だけに許されているものだが、天下に冠たる江戸の町奉行所ゆえ、お上のご威光と峻厳《しゅんげん》とを見せつける意図があるようだ。

白海鼠塀《しろなまこべい》が真冬の日に映えて、蕎麦屋の窓からも眩《まぶ》しく見える。

「おっと、そうだった」

お盆の天ぷら蕎麦を、せかせかと掻き込みながら陣内が言いだし、

「まだ今利屋へ行ってねえんだよ、娘がまたもやさらわれちまったと大旦那に言わなきゃならねえ。苦手なんだよなあ、そういうの」

「ご心配には」

左母次の方はしっぽく蕎麦を食べながら、

「市郎兵衛さんにゃ、ゆんべ遅くあっしが伝えときやした」

「あ、そいつぁ助かった」

「ところが……」

「どうしたい」

「市郎兵衛さん、その場で倒れちまったんですよ」

「おいおい」

「いえ、病気じゃねえからでえ丈夫でなんですけどね。お菊さんが戻らねえと知って、目の前が真っ暗ンなっちまったんでしょう。無理もありやせん」

「おれも後で見舞いに行ってみっかな。いやいや、待ってくれ、こちとらそんなこたやってらんねえんだ」

左母次が苦笑して、

「旦那のやることは只《ただ》ひとつ、お菊さんを探し出すこってすよ。市郎兵衛さんにしたところで、今ここで旦那の顔見たって有難くもなんともねえでしょう」

「ごもっともだ。だったらよ、今利屋の様子は時折見といてくんな」

「へえ、しかし……」

左母次が溜息をつく。

「なんだよ、まだなんかあるのか」

「金は戻っても市郎兵衛さんは気が塞いだままでしょうから、こっちもつれえんですよ」

陣内もつられて溜息で、

「ともかくおれぁ千吉の詮議《せんぎ》をつづけるぜ。あの野郎の口からなんとか手掛かりを得られねえとな」

「あまり希《のぞ》みはねえですけどね、千吉のあの様子じゃ」

そこへ池之介が駆けつけて来た。

「旦那、遅くなりまして」

「おう、腹減ったろ」

「腹の皮が背中にくっつくとこです」

小女が来たので、池之介はそれへきつねうどんを二つ頼んだ。

陣内が呆れて、

「よく食うなあ、おめえ」

「育ち盛りなもんで」

「嘘つけこけ」

笑いが弾けた。

こういう出先での飲食の掛かりなどは、すべて抱え主である陣内持ちである。左母次と池之介のひと月の手当ては一両と決まっているので、彼らは十分に暮らしてゆける。むろんそれはお上から出ているものではなく、陣内の自腹なのだ。

どこにそんな金があるかといえば、陣内が内々で商家から貰う付け届けなのである。こういう大きな事件に関わっている時は無理でも、ふだん市中警邏《けいら》の折々に商家を見廻り、悪漢が近づかないように守ってやっていて、その見返りということになる。

罪を見逃してやったりして貰う袖の下とは違うから、陣内の方にも後ろめたさはない。数十軒の商家から付け届けを貰っていると、月に数十両という金高になる。それが陣内の月収だ。

うまいものをたらふく食えるし、酒も然《しか》りだ。お上もそれは暗黙の了解となっているから、波風は立たないのだ。

「殺された与八と力松の身許、わかりましたよ」

池之介が切り出し、二人の耳目が集まる。

「二人とも武州《ぶしゅう》無宿で、川越《かわごえ》から江戸へ出て来た水呑み百姓の伜《せがれ》どもでした」

「よくわかったな、そんなこと」

左母次が言うのへ、池之介はにやっとなって、

「困った時の駒形《こまがた》の父っつぁんですよ」

今は隠居の身だが、無宿人の情報に精通している老岡っ引きが、浅草駒形にいるのである。

「なるほどな、そういう手があったか。父っつぁん、元気にしてたか」

左母次が老岡っ引きを気遣った。

「ピンピンしてましたよ。それで父っつぁんの話によりますと、与八と力松のことはよく知っていると」

「寄場《よせば》にでもいたんだろ」

陣内が図星《ずぼし》を言う。

「その通りです。二人とも町で暴れて人を疵つけまして、寄場に一年送られてたんです。ところが――」

小女がきつねうどんを二つ運んで来たので、池之介はまず一つめに猛烈に食らいつきながら、

「与八と力松はその後娑婆《しゃば》へ出ると、深川の吉《きち》右衛《え》門《もん》の所に転がり込んだんです」

陣内の形相が変わった。

「深川の吉右衛門だと……またとんでもねえ野郎の名めえが出てきたもんだな」

深川の吉右衛門といえば博徒《ばくと》の大親分で、世間からはあらゆる悪事の大店と言う呼び方をされていた。また深川のみに留まらず、吉右衛門は江戸の黒社会に隠然たる勢力を誇る大物だとも囁《ささや》かれている。

「ですからもしかして、千吉も吉右衛門とつながりがあるのかも知れませんね」

池之介は最初のうどんをあっという間に平らげ、二つめに挑みながら言う。

「そいつぁ考えられるな。よしよし、今から千吉本人に確かめてみようじゃねえか」

「こちらです」

そこへ小女の声あって、奉行所小者が案内されて来た。

小者は陣内へ頭を下げると、

「野火の旦那、母里様がすぐにお越し願いてえとおっしゃってますが」

「母里様が？」

なぜか嫌な予感がして、陣内の胸がざわついた。

八

「千吉を放免にするのですか」

母里の前に座った陣内が、険しい顔になって問い返した。

与力詰所は母里と陣内の二人だけだ。

「はて、それがしの聞き違いでございましょうか。ようやくここまできて千吉を放免できるはずが」

「お黙り。何も聞かないでそうして貰いたいの」

いつもと違い、高飛車に母里が言う。

「真意をお聞かせ下さいまし」

母里は苛立ちを見せながら、

「真意も何も、もう決まったことなのよ」

「お奉行がなんと申されますか」

「お奉行も承知しているわ」

「それは真《まこと》のことでございまするか」

「そうよ」

内心が大波に揺れているから、母里はそれをひた隠しにするため、あえてつっけんどんに言っているようだ。

「しかし千吉と申す犯科人の詮議は始まったばかりで、これから確と吟味致し、その上で沙汰《さた》を」

「わからない人ねえ。千吉に関しては詮議も沙汰もなくなったの」

「それはほかの与力様方も承諾なされているのでございましょうか」

「あたしは代表して言ってるつもりよ。千吉は今はどこにいるの」

「当役所の仮牢にございます」

「野火殿ったら、千吉を牢屋敷まで連れてってこっぴどく痛めつけたらしいわね。耳に入ってるわよ」

「それもいけませんでしたか」

　母里は陣内から視線を逸らし、

「そ、そのことはもういいわよ。済んだことなんだから。ともかく千吉を娑婆へ出して。出しなさいったら出しなさい」

「ではさらわれた娘はどうしたらよろしいので」

「そ、それは……」

　母里が言葉に詰まった。

「罪のない者が理不尽《りふじん》な目に遭《あ》っているのでございます。それを助けるのがわれらの役目なのでは」

「わかってるわよ、そんなこと。今ここで正論を言わないでよ」

「これはむろん上からきたご命令なのでございまするな」

「そうよ、上からよ。あたしの判断じゃないわ」

「お奉行ですか」

「違うわよ。お奉行はあたしたちの仕事に横槍なんか入れないもの」

「ではお奉行のさらに上とか」

「さらに上って言ったらご老中様になっちゃうじゃない。そんなことありえないでしょ」

「解《げ》せませんな」

「わかるけど、世の中には時たまそういうこともあるのよ。野火殿も長いものには巻かれなさい」

「どれくらい長いのですか、敵は」

「て、敵だなんて、失礼な」

陣内が慇懃《いんぎん》に叩頭し、態度を一変させて、

「母里様、短いご縁でございました」

「ええっ」

「それがし、お役を退かせて頂きます」

　母里は恐慌をきたし、

「駄目よ、駄目。そんな道理が通ると思ってるの」

「無理を通して道理を引っ込めようとしているのはそちらではございませぬか」

　母里が窮し、泣きっ面に近い顔になって、

「困った人だわ、どうしてわかってくれないの」

「失礼致します」

　陣内が席を立ちかけると、母里が慌てて止めて、

「負けたわよ、あたしの負け。もう好きにしなさい」

　陣内は座り直し、不気味な笑みになって、

「では母里様、それがしは聞かなかったことにして、そこで独り言をおっしゃって下さいまし」

「独り言？」

「誰の差し金なのか、お一人ならポロッと口からこぼれ出ることも」

　母里は困りきった顔で返事をしない。

「そうですか。母里様、人の縁とははかないものでございまするな」

陣内が再び神輿《みこし》を上げようとするので、母里はまたまた恐慌で、

「こ、こ、これって、いじめよね」

「はっ？」

「それじゃ言うわよ、独り言」

「はい。庭に向かってでも、ご勝手に」

母里は陣内に背を向け、本当に庭を見やって、

「仁杉《にすぎ》様よ、そう言えばわかるわよね。野火殿も南町に長いんだから」

「仁杉様、あの仁杉様……」

陣内の表情に少なからぬ緊張が浮かぶ。

「もういいから、早く行きなさい」

「ご無礼を」

陣内は頭を下げるが、その頬には皮肉なうす笑いが浮かんでいた。

九

それから数刻が経ち、陣内が牢番をしたがえて奉行所仮牢へやって来た。

「おい、千吉」

陣内が声を掛けると、千吉が牢格子へ寄って来て「へい」と答えた。

牢内にいる四、五人の科人《とがにん》が何事かと見守っている。

「放免だ、出ろ」

陣内に言われて千吉は面食らい、戸惑いを浮かべて、

「どうして放免に」

「知るか、そんなこと」

「けど、おれぁ……」

「いいから出ろ」

牢番が鍵を開け、千吉がもぞもぞと牢から出て来た。

陣内は千吉の背中を押して歩きながら、

「なんでおめえが放免なのか、おれも不思議でならねえんだ」

千吉は黙り込んでいる。

「おめえ、そんな力を持ってんのか。おれがお見それしたのかな」

「いえ、とんでもねえ。しがねえごろつきですから」

「だろう。だから解せねえんだよ。ごろつきのおめえが、そんな高え所とつながってんのがな」

「高え所と言われても……」

「まあいいやな。これからおめえがどこ行くか知らねえけど、豪勢に放免祝いでもして貰うんだな。めでてえめでてえとよ」

「よして下せえ」

陣内は千吉の心を揺さぶるつもりで、

「そのうちお菊の死げえもめでたく挙がるかも知れねえな」

千吉が青い顔になり、真剣な目で陣内を睨みつけ、

「旦那、悪い冗談はよして下せえ。そんなことになったら、おれぁ生きちゃいませんよ」

「なんだと」

陣内にギロリと見られ、千吉は慌てて目を逸らした。

(今のは真剣な目だったな。そうかい、こいつぁお菊って娘に惚《ほ》れてやがるのか)

そう思いつつ、陣内は千吉を連れて奉行所の表門まで来た。

「さあ、晴れて自由の身だ。どこへなと行くがいいぜ」

陣内の言葉に、千吉は落ち着かぬ風情で、

「へい、それじゃこれで……」

曖昧《あいまい》に言って頭を下げ、足早に門を出て行った。

それを見送っておき、陣内が一方へ合図の視線を送ると、隠れていた左母次と池之介が姿を現し、千吉の尾行を始めた。


千吉は数寄屋橋を渡り切り、北へ向かって西紺屋町の河岸を突き進んでいる。するとそれを見え隠れに追っていた一団が路地から一斉に現れ、千吉を取り囲むようにした。一団は十人で、全員が揃いの黒の着流しの異様な集団であり、ひと目でその筋の男たちと知れた。

彼らを知っているらしく、千吉に驚いた様子は見られず、そっぽを向いている。男たちに何かを言われ、千吉はそれを聞く耳持たないようにしてふり払い、ズンズン歩きだした。やむなく男たちがぞろぞろとその後にしたがう。

物陰から一部始終を見ていた池之介が、左母次に囁いた。

「なんなんですか、あいつら。とても堅気には見えませんけど」

「おれぁ知ってるんだ、奴らを」

「えっ」

「深川の吉右衛門とこの連中だよ」

「なんですって」

「話は道々聞かしてやる。ついて来い」

「は、はい」

十

小部屋で待つ千吉の前に、ほかほかと湯気の立った蜆飯が置かれた。

（ああ、これがお菊さんの言っていた蜆飯なのか……）

千吉は感無量の思いでそれに見入った。

本石町の翁屋で、女将は千吉が何者か聞いているから、お盆を置くなり逃げるように出て行った。

初めは店に入って来た千吉に驚き、入店を断ったものの、その後にやくざたちが女将を呼びつけ、あの人の好きなようにさせてくれと頼み込み、法外な銭をつかまされた。それで女将はやむなく千吉を通したのだ。

お菊が言った通りに、蜆を酒で煮て、それを漉した煮汁と水で飯を炊いている。

千吉が碗を手にして食べだした。

醤油味が香ばしく、お菊がこれを好むのがよくわかった。

箸を動かしながら、ふっとお盆に目をやった。

蜆の味噌汁と沢庵の横に、鰹節を盛った小皿が置いてある。

お菊には鰹節は嫌いだと言ったが、千吉は我慢してそれをふりかけ、食べてみた。

（なるほど、なるほど）

合点がいった。

お菊の味覚は正しく、千吉は食わず嫌いの自分を恥じた。そのことをお菊に告げたくなった。

しかし……。

千吉はうちひしがれた。

（どこにいるんだ、お菊さん）

泪さえこぼれそうになった。

十一

黒い十人の男たちに囲まれ、千吉は深川永代寺《えいたいじ》門前仲町《もんぜんなかちょう》の大きな家へ入って行った。

その家は博徒深川の吉右衛門のもので、高級料理屋のようなどっしりとした造りになっている。

黒板塀が長々と巡らされ、門前の老松が威風を払っている。

十一人の男が入って行くのを、近所の者たちが畏怖《いふ》の念で見守っていた。

左母次と池之介が寄って来て、その一人の肩を叩き、

「ちょいと聞きてえんだがな、今へえってったなかで一人だけ違う着物の若い衆がいたんだけどよ、ありゃ誰なんだい」

左母次がふところの十手をチラッと見せながら問うた。

「あれは吉右衛門親分の息子さんですよ」

その答えに、左母次と池之介はキラッと見交わし合った。


千吉が奥の間へ来ると、そこに父親の吉右衛門と代貸《だいがし》の三津蔵《みつぞう》が待っていた。

吉右衛門の前に座るなり、千吉が声に怒りを含ませて言った。

「なんでおれを放免した」

吉右衛門は四十半ばの灰汁《あく》の強い男で、堂々たる体軀《たいく》をしており、二の腕の袖口からは文身《ぶんしん》（刺青《ほりもの》）を覗かせている。

その吉右衛門がせせら笑って、

「親が子を助けるのは当たりめえだろう。どこの世間にもあるこった」

吉右衛門が低いドスの利いた声で言った。

「誰に頼んでおれを放免させた。どんな手蔓《てづる》を使ったんだ」

「そんなことはおめえは知らなくていいぜ」

「若、ご放免おめでとうござんす」

三津蔵が吉右衛門の手前なのか、襟を正して言った。

この男は四十前後だが、痩せて青白い顔をしており、苦み走った顔の奥にどんな悪意、底意を隠しているのか、計り知れないものがあった。

千吉は三津蔵の挨拶《あいさつ》など無視して、

「それにお父っつぁん、なんだって与八と力松を。何も殺すことはないだろう」

「見せしめだ。伜を焚《た》きつけてとんでもねえ悪事を働かせやがったんだからな」

「それは違う。この一件はおれが考えて始めたことだ。二人に罪はなかった、助っ人してくれただけなんだ」

「雑魚《ざこ》の生き死になんざどうだっていいじゃねえか」

「お父っつぁん」

「それよりおめえ、あれだけのことを企むんならどうしておれにひと言相談しねえ。計略が穴ぼこだらけだぜ。おれだったら三ヶ所に身代金を持ってこさせるような、そんな廻りくどいやり方はしねえな」

「いつからおれの企みに気づいたんだ」

「人質を隠す家をてめえらは借りたじゃねえか。ありゃ躰を壊してやくざから身を引いた助五郎《すけごろう》の家だろう。おめえは何も聞かねえで一日家を明けてくれと頼んだそうだが、そこから水が漏れたのさ。助五郎の奴、すぐにおれにご注進したんだよ。若がどうやら悪さを考えてるようだとな。そいでもって奴は、おれとおめえの両方から銭をせしめやがった。しっかりしてらあ、おめえも見習ったらいいぜ」

「畜生、あの野郎……」

千吉が臍《ほぞ》を嚙んで、

「お父っつぁんにどうこう言われる筋合いはねえな。みんなおれが一人で考えて勝手にやったことだ」

「なんであんなことを思い立った」

「そいつぁ……」

千吉の言葉が途切れた。

「おれを追い越したかったのか。だったらおめえ、その気持ちは褒《ほ》めてやってもいいぜ」

「そんなんじゃねえ、おれは独りになりたかっただけだ」

「雛鳥《ひなどり》は巣を出たら鷹《たか》にさらわれるだけなんだぞ」

「うるせえ。おれぁ金輪際《こんりんざい》この家にゃ戻らねえつもりだ。きっぱり縁を切るぜ」

吉右衛門が呵々《かか》大笑《たいしょう》して、

「ほざくようになったな、一人めえによ」

「もううんざりなんだ、こんな家は。お父っつぁんの顔も二度と見たくねえ」

勢いよく立ち上がる千吉に、吉右衛門は余裕の笑みで、

「おめえはおれのふところから出られねえんだよ」

千吉が反撥《はんぱつ》の目を向けると、吉右衛門が三津蔵にうながした。

三津蔵は心得顔でうなずき、

「若、一緒に来て下せえ」

「なんだ、三津蔵」

千吉が迷っていると、三津蔵はぐさっと留めを刺すかのように、

「お菊さんがお待ちかねですぜ」

「お、お菊さんが？」

たちまち血相を変える千吉を尻目に、三津蔵は黙って出て行った。

千吉は慌ててその後を追う。

そうして三津蔵は渡り廊下を来て蔵の前に立ち、千吉を待った。

千吉が半信半疑の顔でやって来た。

三津蔵は蔵の扉の小窓ををうながし、千吉が取りついて覗き込んだ。

うす暗い蔵の奥の方で、悄然《しょうぜん》と座っているお菊の姿が見えた。以前よりもやつれているようだ。

「お菊さん」

だがお菊はこっちには気づかないでいる。

われを忘れ、千吉が扉を開けようとした。だが鍵が掛かっていて微動だもしない。

「鍵はどこだ、開けてくれ、三津蔵」

「あのお嬢さんにゃ、まだああして人質をやって貰わなきゃならねえんですよ」

「どういうことだ」

「親分が若の計略に乗っかりやして、今利屋から身代金をせしめようとお考えなんでさ」

千吉は目を血走らせ、

「そんなことはやめろ、すぐにお菊さんをここから出すんだ。頼むから出してくれ、三津蔵」

千吉が言うのを、三津蔵は構わずに、

「若たちの身代金が千五百両ですから、親分は二千両ぶん取ろうとしておりやす。結構な話じゃござんせんか」

「蔵の鍵を寄こせ」

千吉が三津蔵にとびかかり、ふところに手を突っ込んだ。

その千吉を三津蔵が殴りとばした。

千吉が吹っ飛んで壁に躰を打ちつける。

「いい加減にして下せえよ、若。いってえ何を勘違いしていなさる。あっしらの手はべっとり人の血で汚れてるんだ。それがそんなまともな考えじゃちゃんちゃらおかしいや。外道《げどう》なら外道らしく、生き血を吸って生きつづけるんですよ。利用するものはなんだって利用すりゃいいんだ」

「おまえのご託なんか聞きたくない。お菊さんを返してやってくれ」

「まだわからねえのか」

三津蔵が千吉に組みつき、胸ぐらを取って立たせ、さらに顔面や腹を殴打しまくった。

ボコボコにされた千吉が廊下を這いずり廻る。

そこへふところ手の吉右衛門がゆっくりとやって来た。

「痛めつけてやったか」

「へへへ、ちょいと手加減を忘れちまいやした」

「いいんだ、構わねえぜ。こいつはこうやって強くなっていくんだ」

吉右衛門は千吉に屈むと、その髪をひっつかんで顔を向けさせ、

「少しばかり頭を冷やすんだな、千吉。後はおれに任しな」

「やめろ、お父っつぁん。もうお菊さんにも今利屋にも手を出すな。悪事はてえげえにしろよ」

「勾引かしの下手人のおめえがそんなこと言ったらおかしいだろう。それにしても似た者親子だよな、おれたちは」

そう言うと三津蔵へ向かい、

「こいつをお菊と一緒に蔵ンなかへ叩っ込んどけ」

「わかりやした」

三津蔵が冷笑を浮かべて応じた。

十二

仁杉兵太夫《ひょうだゆう》は南町の年番方《ねんばんかた》与力を長年勤め上げ、高齢によりを理由とし、六十になる手前でお役を退いた。

奉行からは功労金のような名目で、金百両を頂戴したという。

しかし百両ごときは仁杉にとっては目腐れ金で、今でも二百石取りの扶持《ふち》を得てはいるが、それも彼に言わせれば大したことはないのである。

年番方というのは役所全般の取締り、金銭の保管、出納《すいとう》、及び役人組中の監督、さらに同心分課の任命などにも当たる重職だ。

奉行に継ぐ統括者のような立場だから、役所を代表して幕閣お歴々、時には大名家の留守居役《るすいやく》らと折衝《せっしょう》することもある。

そうした経歴のなかで、長年培《つちか》ってきた人脈が今では仁杉の財産となっている。

そして表向きの人間関係とはまた別に、深川の吉右衛門のような黒社会の男とのつながりもあるのだ。

お役御免の後はそうした筋からの依頼も少なくなく、こたびも千吉の放免を吉右衛門から頼まれ、仁杉は古巣の奉行、与力連に口利きをして成立させた。

その見返りに、奉行に有力な幕閣重職を引き合わせてやり、与力連には分厚い金一封をつかませた。

母里主水以外、仁杉のそれを断る者はいなかった。母里はもう少し融通の利く男と思っていたが、頑に仁杉の金一封を断った。だが仁杉の息のかかった古手の与力に説得され、千吉の放免には目を瞑った。

母里は調和をとることには長《た》けた男だが、その腹の内がわからず、仁杉はいずれ手を廻して彼を遠ざけてやるつもりでいた。花形である吟味方を外し、閑職与力に降格させるのだ。

これまでにも、おのれの意に染まない者はそうやって退けてきた仁杉だった。隠居の身とはいえ、このようにして時に古巣の人事をも動かすことができるのは、仁杉をおいてほかにいなかった。

毎月どこかで悶着は起こり、持ち込まれる度に仁杉のふところには百両単位の金が入る仕組みになっている。

本来が世話好きな性分だから、そういうことの労は厭《いと》わない。自分の役割は、社会にとって必要悪だと割り切っているのだ。

そして有り余る報酬を得た上で、仁杉の楽しみといえばなんといっても女なのである。

拝領屋敷には妻も子もいるが、外泊もしょっちゅうなのだ。もはや隠居の身ゆえ、どこで何をしても人に咎《とが》められることはない。仮にそんな輩《やから》がいたとしても、仁杉の前職を知るや、恐れおののいて平伏した。

今、仁杉を夢中にさせているのは、箱崎町《はこざきちょう》に一軒持たせて囲うようになった新しい妾のお雪《ゆき》である。

その名の通りに雪白の肌の持ち主で、お雪が一人前の芸者になるかならないかの時に見染め、落籍《ひか》せたものだ。


そうして身も凍る寒月の下、今宵《こよい》も仁杉は妾宅へやって来た。

少し贅沢《ぜいたく》な造りのしもたやで、家のなかには暖かな明かりが灯っている。

格子戸を開けるなり、仁杉は玄関へ入り、

「お雪、すぐに酒だ。燗《かん》をつけてくれ」

と言った。

高齢ではあるが仁杉は怜悧《れいり》な感の男で、髪に多少白いものが混ざってはいても、衰えが見えず、壮健なのである。

だが仁杉の呼びかけに、お雪からはなんの応答もない。

不審に思って上がって行き、奥の間の障子を開けたとたん、仁杉は驚きに表情を強張らせ、思わず唸り声を出した。

「ううっ」

お雪に猿轡を嚙ませて後ろ手に縛り上げ、つっ転がしたそのそばで、野火陣内がどっかと座って燗酒を舐めていたのだ。

野火とは現職中、さして接触を持ったことはなかったが、その評判を聞くにつれ、いずれ遠ざけようと思っていた男の一人だった。

それが果たせぬうちに、仁杉はお役を退いてしまったのだ。

この狼藉者《ろうぜきもの》が浪人者や無頼漢《ぶらいかん》ならすぐに抜刀したろうが、相手が野火では騒ぐわけにもゆかず、仁杉は烈しい憤怒をみなぎらせて座敷へ入った。

「おい、貴様、何をしている、同心の分際でなんのつもりだ、ここを誰から聞いた」

「あのね、質問は一つにしてくれませんか。一遍にいろいろ聞かれても答えられませんからね」

相変わらずなれなれしい口を利く男で、それだけで仁杉は誇りを瑕《きず》つけられ、退けておかなかったことを悔やみ、腸《はらわた》がぐらぐらと煮える思いがした。

「おのれが何をしているのかわかっているのか。正気か、貴様。どこかおかしいのではないのか」

　陣内はにやっと笑い、

「わかってますとも。深川の吉右衛門から裏金貰って、大罪を犯した伜を放免に持っていった。そいつぁ仁杉様がおやんなすったことですよね」

「なっ……」

　仁杉は陣内に底知れぬものを感じ、とっさにこれはあなどれないと思った。

「なんの話をしている」

　怯《おび》えが顔に出て、ややうろたえる。

「困りますよ、仁杉様、そうやっていつまでものさばっていて貰っちゃあ。表舞台から姿を消されて、もう与力様でもなんでもないんですからね、どこにでもいる尋常なお年寄になったらどうですか。その方が皆さんも安心するでしょう」

　仁杉は不意に語気を強め、

「わかったぞ、それが貴様のやり口か」

「はあ？」

「人の弱みを握り、そうやって脅しをかけるのだ。貴様には昔からそういう噂があった」

パチッ。

陣内の怒りに火がついた。

「冗談じゃねえ、ふざけるな、誰がそんな噂をしてるってんだ」

ガラッと態度を一変させた。

仁杉は脅威を感じ、怯えを見せまいとしながら精一杯の虚勢を張り、

「な、なんだ、その口の利き方は。わしを誰だと思う、言葉を改めろ。このうつけめが」

「おれが善良な人の弱みを握って脅したというんだな。そんなこた只の一度もしたこたねえぜ」

仁杉はさらに居丈高《いたけだか》になって、

「人を呼ぶからそこにいろ。おまえは切腹にしてやる」

陣内がいきなり仁杉の胸ぐらを取って引き寄せ、なんの感情も見せず、ゴツッと無慈悲に頭突きをくらわせた。

「うわっ」

目から火が出て、仁杉の額が割れてたちまち出血する。

「腹を切るのはおめえの方だろ。いい年こいて女のケツばっかり撫で廻しやがって。狒々爺《ひひじじ》いってんだぞ、そういうの」

「黙れ、この身の程知らずめが、正気でこのわしに」

「るせえんだよ、ガタガタ。黄色い娘っ子じゃねえっての」

陣内が片腕で仁杉を組み敷き、顔面に容赦なく鉄拳《てつけん》をガンガンとぶち込んだ。

大仰《おおぎょう》に叫び、血まみれになった仁杉が七転八倒する。仁杉にとってはこの世の出来事とは思えなかった。

「おめえの口利きでこれまでも悪党が野に放たれている。その罪軽からず。よってここに切腹申しつくるものなり」

冗談なのか本気なのか、わからぬままに陣内が言い、仁杉の脇差を抜いて強引に握らせた。

「野火陣内、介錯《かいしゃく》仕《つかまつ》る」

陣内が立ち上がり、大刀を抜いて大上段にふり被った。

お雪は猿轡のなかで絶叫を上げている。

仁杉は蒼白になって慌てふためき、すぐさま脇差を放ってその場に土下座した。ここを切り抜けるにはそれしかないと実感した。いや、それでは生ぬるいと思い直す。

この男に逆らうとどうなるか、仁杉は慄然《りつぜん》とする思いを味わっていた。

「よせ、やめてくれ、お主の言い分はよくわかった。もうせぬ、裏の口利きは決してやらぬ」

本音だった。

「ふつうの爺いになるか」

「なる」

「はいと言え」

「は、はい」

「いいか、役所に二度とその面見せんじゃねえぞ」

「……」

「わかったのか、この野郎」

陣内がドスッと仁杉の脇腹を蹴った。

叫んで仁杉が転げ廻る。吐きそうになっていた。最悪の夜だ。

陣内は刀をそのままお雪に近づけ、剣先でぷっつり猿轡と縛《いまし》めを切った。

「悪かったね、お嬢ちゃん、今夜のことは人に言うんじゃねえぞ」

お雪は恐怖で声も出ず、しかも着物の裾から湯気を立て、失禁《しっきん》していた。

「ああ、ねえ」

皮肉な含み笑いを残し、陣内は悠然《ゆうぜん》と消え去った。

十三

暗い蔵のなかに、千吉とお菊は閉じ籠められていた。

天窓から月明りが差しているだけで、灯りはひとつもない。

だがそれは盲人のお菊にとっては、いつものことだった。

長い沈黙に耐えかねたように、お菊が口を切った。

「どうして何も言わないの、千吉さん。おまえさんが黙っていると、わたしなんだか怕いわ」

「すまねえ」

千吉は身繕《みづくろ》いをし、意を決したかのようにお菊の方を向いて、

「今まで黙っていたけど、おれぁここの倅なんだ」

「ここのって……ここはどんな家なの？　わたしには何もわからないから」

「博奕《ばくち》打《う》ちの家だよ」

「ええっ……それがどうしてわたしと一緒の蔵に」

「逆らったからだ、お父っつぁんに」

お菊は黙ってしまう。

「おれをこういうふうにしといて、お父っつぁんはおめえさんの家から身代金をぶん取ろうとしている」

「……」

「元はといやぁおれがいけねえ。だから今さらお父っつぁんを責められた義理じゃねえんだけどな」

「聞いていい？」

「ああ」

「おっ母さんはどうしたの、千吉さんの」

「おっ母さんかあ……」

「いるの、いないの」

「顔も見たことねえよ」

「どこの人」

「どっかの宿場の飯盛女《めしもりおんな》だったそうだ」

「飯盛女……」

「旅籠《はたご》の女中だよ。もっともやることは女中仕事だけじゃねえけどな」

千吉がぼかした言い方をした。

飯盛女は売笑《ばいしょう》もするが、そんな世間の裏をお菊が知っているはずもなかった。

「その人、今はどこに」

「とっくに死んでるよ、墓もねえらしい」

「おっ母さん、きれいな人だったんでしょうね」

千吉はびっくりしたように目を剝き、

「どうしてそう思うんだ。おめえさん、もしかして目が見えるんじゃねえんだろうな」

お菊はかぶりをふって、

「だって千吉さんがいい男だから」

そこで初めて千吉が笑った。

「目の見えねえおめえさんにどうしてわかるんだよ」

「わかるわ。目が大きくて鼻が高いじゃありませんか」

「お、驚いたな、見たようなこと言うじゃねえか」

お菊がクスッと笑った。

「なんだよ、おめえさんなんか隠してるな」

「さっき千吉さんが眠っていた時、わたしそうっと顔を触ってみたの」

「チェッ、嫌な奴だな」

「ご免なさい。だって千吉さんのことがずっと気になっていたの。だからなんでもいいから知りたくって」

「……」

「どうしたの、千吉さん、何か言って」

「おれもだよ」

「えっ」

「おめえさんのこと、気になりっぱなしだ」

お菊は顔を赤らめ、

「嫌だわ、おなじだったのね」

「うん、おんなじだ。おれとおめえさんは考えてることがいつもおんなじなんだぜ」

「嬉しいわ」

「嬉しくなんかねえよ」

「嬉しいのよ、だって……」

お菊は本当に嬉しそうな顔をしていた。

「なあ、いいかな」

「うん？」

「お菊さん、おれの顔触ったんだろう。おれも触っていいかい」

「いいわ、触って」

お菊は素直に応じる。

千吉が恐る恐る手を差し伸べ、お菊の頰に触れた。

すかさずお菊がその手先をつかんだ。

千吉はドキッとする。

「ごつごつした大きな手ね」

「お菊さん……」

「小さいでしょ、わたしのは」

千吉がお菊の手を握った。

「ああ、子供みてえだ」

「温かいわ、千吉さんの手」

「心は冷てえかも知れねえぜ」

「そんなことないわ、千吉さんはいい人よ」

千吉は目を慌てさせ、

「おい、しっかりしてくれよ、お菊さん。おれぁ勾引かしの下手人なんだぞ。おめえさんは人質なんだ。そんなおれのどこがいい人なんだ」

お菊は千吉の手を離さず、それを自分の頰に持って行き、

「ずっと一緒にいたい、千吉さんと」

「よ、よせよ、おれだって……」

千吉は妙な気分になりそうなので、焦ってきて、

「あっ、そうだ、おれ、さっき翁屋へ行ったんだ。それでおめえさんが言ってた蜆飯を食ってきたんだ」

お菊が表情を明るくし、胸を弾ませるかのようにして、

「どうだった」

「おめえさんの言う通りだ。うまかったぜ。でえ嫌えな鰹節もぶっかけてみたら、こいつも上等な味よ。食わず嫌えだったんだな、おれぁよ」

「そうでしょう、やっぱりそうでしょう。わたしの舌は間違っていなかったんだわ。よかった」

「うん、うん」

千吉とお菊が笑顔を交わし合った時、扉に鍵が差し込まれ、軋《きし》んだ音を立てて開けられた。

同時に顔を向ける二人に、子分の一人が覗いて言った。

「若、親分がお呼びですぜ」

十四

吉右衛門は奥の間で独り酒をやっていた。

千吉がのっそり入って来て、その前に座るなり、何も言わずに吉右衛門の酒を勝手に飲んだ。

「いつまでおれを閉じ籠めとくんだ」

「いい仲みてえだな、おめえら。もうできてんのか」

千吉はカッと吉右衛門を見て、

「おれぁお父っつぁんみてえな人間じゃねえつもりだぜ」

吉右衛門は肩を揺すって嘲笑《あざわら》い、

「まっとうな人間だとでも言うのか、おめえが。だったらそんな奴がどうして勾引かしなんかやらかしたんだ」

「蒸し返すなよ、つまらねえ話を」

つい千吉は喧嘩腰になってしまう。

吉右衛門はぐびりを酒を干すと、

「今利屋にゃ三津蔵を行かせた。大旦那は寝込んでいたらしいが、お菊がまだ無事だと聞いて急に元気づいたらしい。二千両は役人に知らせねえで明日の晩、ここに大旦那が直に持って来るとよ」

「ならいいじゃねえか、おれだけでも蔵から出してくれよ。もうお菊といるのはうんざりなんだ」

心とは裏腹を言った。

「いや、おれぁおめえを信用してねえ。またぞろ何をやらかすか知れたもんじゃねえからな」

「てめえの倅が信用できねえんだったらもうおしめえだ。お父っつぁん、頼むから縁を切らせてくれねえか。おれぁ一人で生きて行きてえんだ」

「……」

「聞いてんのかよ、お父っつぁん」

「憶えてねえかな、千吉よ」

吉右衛門が口調を変え、ぽつりと言った。遠くを見る目になっている。

「なんのこった」

「中仙道《なかせんどう》をおめえと旅してた頃の話だ」

「中仙道だと……」

「ああ、そうだ、忘れられねえ中仙道だよ」

「その頃だったらおれぁまだ五つ六つのガキだったからなんにも憶えてねえな。てえか、憶えておきたくねえことばかりなんで、目を閉じて耳を塞いでたんじゃねえか。あの頃はろくなことがなかったんだ」

「そんなことはねえ、おめえはしっかり憶えてるはずだ」

「何を言いてえ」

「おれぁ一度おめえを捨てたよな」

「……」

暗く悲しい思い出がよみがえり、みるみる千吉の胸を塞いだ。人に言うどころか、吉右衛門の口からも二度と聞きたくない過去だった。

「なんでそんなことを言いだすんだ。どういうつもりだよ、お父っつぁん。あの頃のことをおれに詫びようとでも言うんじゃあるめえな」

「おれにそんな仏心があるものかよ。おれがそういう人間だったら、江戸へ来てこうまで出世はしなかったろうぜ」

「ふん、笑わせるなよ。今の姿を出世だと思ってるのか。お父っつぁんはさんざっぱら人の血を流しといて、その上に乗っかってるだけじゃねえか。そんなものはすぐに突き崩されるに決まってらあ。砂で作った城とおんなじだぜ」

「なつかしいよなあ、中仙道は妻籠宿《つまごしゅく》だ」

「……」

千吉はうなだれ、酒だけを飲みだした。

「妻籠宿まで来て、おれぁ食い詰めた。お供え物をかっぱらっちゃ食いつないでいた。おめえの目を盗んで自分だけ食ってたんだ。それも尽きて、おめえが邪魔ンなって六《ろく》地《じ》蔵《ぞう》の前に置き去りにしたのよ。思い出したか」

「……いや」

消え入りそうな千吉の声だ。

「おめえを捨てておれぁ一目散だ。胸がスッとしたなあ。これで一人でやっていける。邪魔者はいなくなった。こんな親は世間にゃごろごろいるだろう。ところが……」

「……」

「捕まっちまったんだ、おれぁ盗みの科で。村役人にど突き廻されて、六尺棒で打ち据えられてよ、ありゃ痛かったなあ。それだけじゃねえぜ、お供え物をかっぱらった罪で役人どもはおれを代官所へ連れて行こうとした。もう駄目だ、いけねえと思った時、おめえがのこのこ現れたんだ」

「……」

「おめえはそこでなんてったと思う」

「知らねえよ、憶えてねえんだから」

すっかり暗い昔に引き戻され、悲痛と言えるほどに千吉の心は切り刻まれていた。父親に捨てられたことは、忘れようとて忘れられないものだった。いつも背中合わせにある記憶で、千吉にとっては昨日のことなのだ。

「盗みはおいらがやったと、おめえは役人に言ったんだ。そう言いながら、ふところから餅《もち》やら柿の実を出して、役人にお父っつぁんは何もしてねえと言い張った。その実、おめえは何もしてねえのにな。食ってもいねえのにな。それでおれぁ罪を免れた。おめえのお蔭で助かったのさ」

「……」

「恩に着るぜとおれが言うと思ったか」

「わかってるよ、あんたはそんな人じゃねえや」

「そうだ。人を庇《かば》うなんて下の下がするこった。それがたとえてめえの伜でもよ、だからあの時、おれぁこいつは駄目だと思った」

「なんだと」

「いいか、千吉。生き残ってくにゃ親でも子でもねえ、勝ち抜かなくちゃならねえんだ。そうして今のおれがあるんじゃねえかよ、わかるか、おめえに」

「わからねえな、今でも」

千吉はうつむいたままで言う。

「だからおめえは駄目なんだ。あんな穴ぼこだらけの勾引かししかできねえ半端者なんだよ」

「ふん」

千吉が鼻で嗤《わら》う。

吉右衛門を侮蔑《ぶべつ》の目で見ようとしたが、そうではない別の感情が突き上げ、千吉はわれ知らずうろたえた。

侮蔑よりも、悲しみが勝ったのだ。

十五

蔵へ戻されて来ると、千吉はお菊に何も声を掛けず、離れた所で横になった。

お菊が心配してそっと寄って来た。

「何かあったの、千吉さん」

「何もねえ、放っといてくれ」

お菊を拒み、千吉は背を向ける。取りつく島もない態度だ。

「千吉さん……」

千吉は無言だ。

「どうして……嫌だわ、こんなの」

お菊はうなだれて考え込んでいたが、どうしていいかわからなくなり、やがてしくしくと女らしく泣きだした。

千吉は身じろぎもしない。

「わたしがいけないのね」

「そうじゃねえ、おめえさんのせいなんかじゃねえ」

怒ったような千吉の口ぶりだ。

「だったら、なんなの」

「戻りたくねえ所へ戻されたんだ」

「……」

「信じられねえや、おれぁ」

「千吉さん」

「お菊さん、ここを出ようぜ」

「えっ」

「おめえさんはおれが守るからな、どんなことがあっても守ってみせるからな。そうしなくちゃいけねえんだ、おれは」

力強さは感じるが、お菊は千吉の言葉に戸惑っている。

「お菊」

そこで初めて千吉はお菊を呼び捨てにし、無言で手を差し伸べた。

「千吉さん」

お菊は泣き濡れた顔をくしゃくしゃにして千吉の胸にとび込んで来た。そして必死のようにして強く抱きつき、またそこで泣きじゃくった。だがもう決して悲しい泪ではなかった。

十六

「深川のやくざ者が突然やって参りまして、大旦那様に会わせてくれと。あたくしがどうしたものかと迷っておりますと、その男が、えー、確か三津蔵と申しておりましたな。それがお嬢様のことで話があると言うじゃありませんか。ああっ、お嬢様はご無事だったんだと思って、とにもかくにも大旦那様にお知らせしたんでございますよ」

実直を画《え》に描いたような今利屋番頭の福助が、陣内の前で告げている。

お菊が勾引かされた直後は生きた心地のない様子だったが、今宵はやけに血色がい い。

組屋敷で寝ようとしていたところだったから、陣内は寝巻姿で、その上からどてらを羽織っている。火鉢の火に手を翳して福助の話に聞き入っている。

その話が長くなりそうなので、陣内は徳利を引き寄せ、「ちょいとすまねえ」と福助に断り、茶碗酒を飲みだして話の先をうながした。

「大旦那様は臥《ふ》せっておられて、塩梅《あんばい》がよくありませんでした。お嬢様のことばかり考えておられるうちに、どっかがおかしくなられて倒れちまったんでございますよ」

「そいつぁ左母次から聞いた。今はどうなんだい」

「それが野火様、三津蔵から話を聞くうちにみるみるお元気になられて、大旦那様は布団から立ち上がったんでございます」

「そりゃよかったじゃねえか」

「へえ」

「で、三津蔵はどんな話を始めたんだい」

「あのやくざ者が人払いをしてくれと言うもんですから、あたくしは気になりながら席を外しました。けど立ち去ったふりして、隣りの部屋で盗み聞きをしておりました」

「よく聞こえたかい」

「低くて地面の底から響いてくるような嫌な声でしたが、よっく聞こえました」

「それで」

「巡り巡ってお嬢様はこっちの手にある。ついちゃ二千両寄こせと、三津蔵はこう言うんでございますよ。二千両ですよ、野火様。あたしら商人が二千両稼ぐには、どれだけ苦労するかおわかりンなりますか。そりゃもう、血の滲むような思いをしなきゃならないんでございますよ」

「大旦那はなんて言ったんだ」

「お嬢様がすべてでございますから、大旦那様は否やは申しませんでした。すぐに二千両を用意すると」

「いつまでだ」

「明晩でございます。それもこっちから人目につかないように持参しろと、こう言うんでございますよ。人の弱みにつけ込んで、やくざ者なんてろくなものじゃございませんね」

「奴らを人間だと思わねえ方がいいせ、番頭さん」

「それも図々しく、指図がましいことを平気で言います。役人に知らせちゃならない、金は箱じゃなくて布袋に入れてこいなどと申しまして、それもですよ、運ぶのは男だと目立つから深川まで女子供に持たせろと」

「なるほど、敵も用心していろいろ考えているようだな」

「どうしましょう、野火様。あたくしがここへ来たことは内緒なんでございますよ。大旦那様から口止めされておりまして」

「わかった、その辺はおいらがうまくやる。番頭さん、偉えぞ、よくぞ教えてくれたな」

「いいえ、お店のことを思えば当然ではございませんか。ですから野火様、捕方を大勢引き連れて来るのだけはやめて下さいまし」

「むろんだ。おいら一人で行くぜ」

「えっ、お一人で？」

「任せなさい、このあたしに」

陣内は胸を叩いてみせるが、コホンと咳込んだ。

十七

翌日の昼下りである。

蔵の扉を開け、勘太《かんた》という三ン下がもう一人の若いのと、千吉とお菊の箱膳の飯を運び入れていた。

「若、いつもおんなじようなもんですまねえです。晩にはもう少しいいものを揃えますんで」

小心者で気弱な勘太が、千吉にぺこぺこして言い、茶を淹れたり小皿に醤油を差したりしている。

勘太は時折奥にいるお菊の方をチラチラと窺うが、お菊と目が合うと慌てて逸らす。

もう一人は表に出て待っている。

千吉はその一人の方を気にしながら、

「おめえ、おっ母さんの具合はどうなんだ」

「あ、おっ母さんですか。へ、へい……」

勘太は恐縮している。

「あんまりよくねえのか。寝込んで長えんだろう」

「労咳《ろうがい》じゃねえことはわかってホッとしたんですがね、長年働きづめだったんで躰にガタがきちまったようなんですよ」

「ましてや伜がやくざじゃあな、おっ母さんだって立つ瀬がねえだろうぜ」

「そ、それを言わねえで下せえよ。これでも昼は風車《かざぐるま》を売ってるんですから」

「追っつくめえ、そんなんじゃ。足洗ったらどうだ」

「へえ、考えちゃおりやす」

千吉はふところから一両を取り出すと、それをすばやく勘太に握らせて、

「これでおっ母さんに鰻《うなぎ》か天ぷらでも食わしてやんな」

「ええっ、若、そんな……」

勘太は汗ばんだ手で小判を握りしめる。

「只じゃやらねえよ、頼みがあるんだ」

表の一人に気づかれぬよう、千吉が声を落として言った。

「でしょうね、この世に只のものなんてねえんですから。でも頼みと言われても、事としてでえですぜ、若」

「おめえ、おれの味方だろう」

「へえ、昔から若の気っぷに惚れておりやすよ」

「だったら話は早え。後でここの鍵を盗んで持ってきてくれ」

勘太はどぎまぎとなって、

「親分を裏切るんですか」

「よっく考えろ、おれぁここの跡取りなんだぞ」

「ええ、そうでした」

「じゃ頼んだからな、いいな」

勘太は曖昧にうなずき、表へ出て扉を閉めた。

「大丈夫かな、あの野郎……」

千吉が不安につぶやく。

それまでのやりとりを聞いていたお菊が、千吉のそばへ来て、

「跡を継ぐの？　千吉さん」

「冗談じゃねえ、おれぁやくざなんてまっぴらだぜ」

「ああ、よかった」

お菊が胸を撫で下ろす。

「おめえ、まだおれのことがわかってねえようだな」

「ご免なさい、わかるようにもっと努めるようにする」

千吉は不意にお菊の手を取り、その甲にガブッと嚙みついた。

「痛い」

「もうすぐこっから出られるぞ、お菊」

千吉が燃えるような目で言った。

十八

日が暮れないうちに舟に乗り、市郎兵衛、お辰、お品、梅六は神田川を下り、大川へ出て深川をめざしていた。舟は借り切ったものだ。

二千両を五百両ずつに分け、小ぶりな布袋へ詰め、それぞれが一袋を抱え持っている。

その遥か後方に、陣内、左母次、池之介が舟でこれを追っている。こちらは御用仕立ての舟である。漕いでいるのも奉行所小者だ。

真冬の川風は身も凍るほど冷たく、市郎兵衛たちは口も利けないほどである。

「梅六、鼻くそはおやめ」

お辰が小声で注意すると、鼻くそをほじくっていた梅六は「へっ」と言ってそれをやめ、舟のそこいらになすりつけた。

その首には襟巻《えりまき》代りに、怪我の時に千吉が縛ってくれた紺の手拭いを、さも自慢げに巻いている。

血はきれいに洗い落とされ、梅六は自分も千吉のようないい男になった気分になっているのだ。

「旦那様、お嬢様ご無事だといいですね」

お品が遠慮がちに言った。

市郎兵衛は厳《いか》めしい顔つきで、

「無事に決まってるよ。もし何かあったら冗談じゃない、わたしは神を怨《うら》むからね」

「そんなことありませんよ、旦那様。あたしは朝からずっと拝んでるんです」

お辰が言う。

「悪党どもの間をたらい廻しにされて、わたしはお菊が不憫《ふびん》でならない。勾引かしに関わった奴らは、一人残らずお上に裁いて貰わないと気が済まないよ」

「あたしもおなじ気持ちでございます」

お辰はそう言いながら、また鼻に指を突っ込んでいる梅六の手をピシャッと打った。

後方の陣内たちは言葉を交わさず、すでに臨戦態勢に入った気構えで、前方を凝視している。

十九

扉が軋んだ音を立てて開き、蔵のなかから千吉とお菊が忍び出て来た。

二人は無言でうなずき合い、手をつないで行きかけた。

その前に三津蔵を先頭として、黒い十人の男たちが突然現れ、殺気をみなぎらせて二人を取り囲んだ。全員が長脇差《ながどす》を帯びている。

「若、よくねえですぜ、ズラかるなんて」

三津蔵が冷たい口調で言い、千吉たちに迫った。

周りで一斉に長脇差が抜かれる。

千吉はお菊に寄り添い、後ずさって、

「三津蔵、どうするつもりだ」

「人質にゃ指一本触れる気はねえが、若、おめえさんにゃ死んで貰いてえ」

「おめえ、何考えてるんだ。目つきが尋常じゃねえぞ。どうかしちまったのかい」

「そうかも知れねえ、おめえさんはもういらねえんだよ」

三津蔵が長脇差を抜き放ち、千吉へ斬りつけた。

「ううっ」

だがその悲鳴は吉右衛門のものだった。

いつの間にか現れた吉右衛門が、三津蔵の刃の前に立ったのだ。

袈裟《けさ》斬《ぎ》りにされ、吉右衛門がのけ反る。

だが三津蔵は驚きもせず、さらに吉右衛門の横胴をズバッと払い、

「親分も焼きが廻ってやがるんだ、これでいいのさ、これで。一家はごっそりおれが頂くぜ」

「三津蔵、てめえって外道は……」

苦しみもがきながら、吉右衛門がドーッと倒れ込んだ。

千吉は茫然《ぼうぜん》とそれを眺めている。その表情にはなんの感情も表れていない。ただ凍りついたように死にかけた父親を見ているだけである。

「それっ、親子共々眠らせちまえ」

三津蔵の下知《げち》が飛んで、十人が一斉に千吉へ襲いかかろうとした。

その時、庭先へ陣内、左母次、池之介が駆けつけて来た。

陣内が十手を突きつけ、

「三津蔵ってクズはおめえか」

「なんだ、このくそ役人が」

三津蔵が怒髪天《どはつてん》を衝《つ》く勢いで陣内へ向かって行き、十人もそれに加勢して斬り込んだ。

陣内、左母次、池之介が十手で応戦する。

たちまち入り乱れた闘いとなった。

渡り廊下の隅では——。

「お父っつぁん……」

千吉の喉の奥からようやく声が出た。衝撃に打ちのめされながら、蹌踉《そうろう》とした足取りで吉右衛門のそばへ寄る。

「千吉さん、お父っつぁんなの」

お菊がそばで身を揉むようにしている。

「昔お父っつぁんだった人だ。けどおれぁもう縁を切ったんだ。だから無縁の人なのさ」

千吉が強がりを言った。

吉右衛門は死相を表しながらも、奇妙な笑みを浮かべて千吉を見ている。

「悪運尽きたな、おれもよ」

「なんだって白刃の前に……おれを庇ったつもりなのか、人を庇う奴なんて下の下じゃねえのかよ」

「へへへ、ほんのお返しだぜ」

「ふざけるな」

「本気だよ」

「本気だと？　馬鹿野郎が。今までの罪を償《つぐな》うがいいぜ」

乾いた声の千吉だ。

吉右衛門が苦しそうな顔でうなずき、

「そうするよ。太く短けえ一生だったぜ。けど思い残すことは……ああっ、そうだ、ねえこともねえや」

「そりゃなんでえ、言ってみろよ」

市郎兵衛は口のなかでブツブツ何か言い、千吉には聞き取れない。

そこへ市郎兵衛、お辰、お品、梅六が走って来た。

「お菊、お菊や」

「お父っつぁん、来てくれたのね」

お菊が喜色の声を挙げると、市郎兵衛は夢中で白刃の下をかい潜り、庭から廊下へ駆け上がってお菊を抱きしめた。

「よかった、無事だったんだな」

「うん、大丈夫よ、お父っつぁん」

お辰、お品、梅六も駆け寄り、修羅場を逃れてこぞって廊下の奥へ避難した。

十人はことごとく十手で叩き伏せられ、陣内はズイッと三津蔵へ寄ると、

「これで深川もきれえンなるよな。けどそう思ってもよ、てめえみてえな蛆虫《うじむし》は後から後から湧いて出てくるんだ。やってらんねえよな、こっちだって」

「じゃかあしい」

三津蔵が突進した。

陣内が抜く手も見せずに抜刀し、一瞬で刀の峰を返し、三津蔵の首根を打撃した。

「ぐわっ」

三津蔵が気絶して倒れ伏した。

陣内は親子の方へ向かい、左母次と池之介は縄を打つのに忙しくなる。

吉右衛門は千吉の耳許で囁いていた。

その耳に何かを伝え、にっこり笑って吉右衛門は絶命した。

千吉は青い顔で父親の死に顔を見つめている。

「なんて言ったんだ、最期によ」

陣内が千吉に問うた。

それには答えず、千吉は黙って両腕を突き出した。

そのやりとりを廊下の暗がりから、お菊と市郎兵衛が窺っていた。

千吉がお菊を見た。

唇を震わせ、お菊は千吉の視線を感じて何か言いかけた。

千吉はそれを打ち切らせるように、

「旦那、早えとこ連れてって下せえ」

「いいけどよ、なんかおめえ……」

歯切れの悪い陣内に、千吉がきっぱり言った。

「こんなろくでなし、とっととしょっ引いて下せえよ」

お菊に言うように千吉が言い放った。

お菊はうち震えるばかりで、もはや身も世もないのである。

二十

陣内が夜道を千吉と二人でやって来た。

縄を打たず、ぶらぶらと連れ立っている。

「さっきさ、おめえのお父っつぁん、なんて言ったんだ。それを聞かねえとおれぁ、気になって眠れねえじゃねえかよ」

「別に、てえしたことは……」

口籠もる千吉だ。

「いいから言えよ、聞かせろよ」

「中仙道の妻籠宿のことを」

「なんだ、そいつぁ」

「おれが子供の頃、お父っつぁんと二人であっちこっちをさまよってたんです」

「うむ、それで」

「その時のことを、お父っつぁんが」

「だから、なんて」

「楽しかったって」

「あん？」

「忘れられねえって」

「そん時はいいお父っつぁんだったんだ」

「冗談じゃねえですよ、昔も今もいいお父っつぁんだったんですよ。けどあの人はいつも臍曲《へそまが》がりだから、逆のことしか言わねえんです。てめえを悪党の神様みてえに言って喜んでるんです。おれぁそんなお父っつぁんが嫌だから、離れようと。でも離れられなかった、妻籠宿のことを言われるとおれぁ、おれぁ悲しくて。あの旅はおっ母さんの墓を探すために二人で……遂に見つからなかったけど、またいつか探しに行こうって、それがお父っつぁんの最期の言葉でした」

千吉は顔を覆《おお》ってしゃがみ込み、男泣きを始めた。屈折した青春を何かにぶつけるように、烈しく号泣《ごうきゅう》する。

陣内は何も言えず、言葉も見つからず、どうにもならない無力感に苛《さいな》まれながら、茫然と立ち尽くすしかなかった。

どこかで夜の鶯《うぐいす》がひと声、間違えて鳴き声を上げた。

「あらっ……馬鹿じゃねえの、あの鶯。夜なんだよ、昼間鳴きなさいっちゅうの」

独りごち、「はあっ」とやるせない溜息を漏らした。

夜風にそこはかとなく春の気配があった。

時代小説文庫
わ 2-9

鬼《おに》花《はな》火《び》 死《し》なない男《おとこ》・同心《どうしん》野《の》火《び》陣内《じんない》

著者 和《わ》久《く》田《だ》正《まさ》明《あき》

2014年1月18日第一刷発行

発行者 角川春樹

発行所 株式会社 角川春樹事務所
〒102-0074 東京都千代田区九段南2-1-30 イタリア文化会館

電話 03(3263)5247[編集] 03(3263)5881[営業]

印刷・製本 中央精版印刷株式会社

フォーマット・デザイン&シンボルマーク 芦澤泰偉

ISBN978-4-7584-3800-1 C0193

http://www.kadokawaharuki.co.jp/[営業]
fanmail@kadokawaharuki.co.jp[編集] ご意見・ご感想をお寄せください。